ENT   D0293008

MIGUEL DE CERVANTES

ENTREMESES

Edición,
introducción y notas
de
EUGENIO ASENSIO

clásicos castalia

Madrid

Copyright © Editorial Castalia, S.A., 1970
Zurbano, 39 - 28010 Madrid - Tel. 319 58 57

Cubierta de Víctor Sanz

Impreso en España - Printed in Spain
Unigraf, S. A. Móstoles (Madrid)

I.S.B.N.: 84-7039-079-1
Depósito legal: M. 20438-1993

SUMARIO

INTRODUCCIÓN CRÍTICA

LOS ENTREMESES DE CERVANTES

E L entremés de los siglos XVI y XVII es un género humilde, sin humos nobiliarios ni pretensiones de haber sido legislado por Aristóteles. Nace en la pluma de un comediante sevillano, Lope de Rueda, como simple intermedio de la comedia romántica y novelesca que el prestigio de Italia difundía, sin otra aspiración que la de ser un pasatiempo popular, esparcimiento breve entre dos emociones nobles. En su corto ámbito no caben los grandiosos espectáculos ni las relaciones complicadas, sino que debe por fuerza simplificar y reducir a rasgos primarios los temas y seres que representa. Apela al más bajo común denominador de la sensibilidad en los espectadores. Y por una curiosa equiparación de género humilde con personas socialmente humildes, le están prácticamente vedados los hombres de la aristocracia, del clero encumbrado, de la alta milicia. Saca a escena campesinos, gente del hampa, chusma callejera, modesta burguesía y algunos profesionales que la sátira y el ridículo habían hecho suyos desde antaño, como médicos y abogados. Si retrata a un enamorado o a un soldado, será para exprimir el zumo cómico a la situación caricaturizando la pasión y la valentía. Los egregios lances de amor y honor quedan exclusivamente reservados a la comedia en tres actos, en cuyos intersticios brota, como en las ruinas el amarillo jaramago. Verdad es que también

7

la comedia introduce criados y plebeyos, pero con una diferencia. Mientras en la comedia, de abolengo greco-latino y aspiraciones hidalgas, ellos sirven para contrastar y realzar al protagonista y sus iguales, en el entremés ascienden a héroes, o quizá a antihéroes, ocupando el centro del tablado.

Después de la publicación, por la imprenta valenciana, de las piezas de Lope de Rueda —y de Juan Timoneda, tan inferior a él— transcurren más de treinta años sin que se imprima ningún tomo nuevo de entremeses más recientes. Cuando en 1605, en la misma ciudad de Valencia, salen a luz las *Comedias famosas* del poeta Lope de Vega Carpio, van acompañadas de cinco entremeses anónimos e inéditos, ninguno de ellos obra de Lope. En los diez años sucesivos no hay un único poeta, famoso u oscuro, que se digne firmar con su nombre los que a veces (1611, 1612) acompañan las colecciones de comedias. Son como bienes mostrencos, chapuzas que ningún artista consciente autoriza con su firma. Por eso no deja de provocar extrañeza el que en 1615 el más glorioso prosista de la época, el genial Miguel de Cervantes cuyas novelas andan en todas las manos, arriesgue su prestigio poniendo su nombre al frente de los ocho entremeses que vamos a editar.

No fueron hijos de la improvisación ni debieron su publicación a un impulso momentáneo. Porque ya en 1614, al escribir la *Adjunta al Parnaso* anunciaba que tenía compuestas seis nuevas comedias con sus entremeses, añadiendo: "Yo pienso darlas a la estampa, para que se vea de espacio lo que pasa apriesa, y se disimula o no se entiende cuando las representan". [1] Al estamparlas el año siguiente, su número y el de los entremeses acompañantes había subido a ocho, según hacía constar en la rúbrica titular, donde subrayaba, como timbre de gloria, el que nunca habían sido

---

[1] M. de Cervantes, *Viaje del Parnaso*. Edición crítica y anotada... por Francisco Rodríguez Marín, Madrid, 1935, p. 116.

sometidas a la incierta aprobación del vulgo de los corrales: *"Ocho comedias y ocho entremeses nuevos nunca representados.* Compuestas por Miguel de Cervantes Saavedra. Año 1615. Con privilegio. En Madrid, por la Viuda de Alonso Martín".

LOPE DE RUEDA CREADOR DEL ENTREMÉS

Lope de Rueda fue el padre del entremés, el fundador de este género teatral. La más decisiva innovación fue la renuncia al verso. Frente a la tradición que, en las escenas jocosas de las comedias, autos o farsas, exigía el verso, y un verso lírico propenso al amaneramiento y la afectación, impuso la prosa conversacional y con ella los registros realistas que le darían su tonalidad peculiar. En busca de una prosa dialogada en que basarse, tenía por fuerza que ir a la Celestina y sus epígonos. Emilio Cotarelo, su más erudito expositor, inicia la historia del entremés con el viejo Juan del Encina (*Auto del repelón*) y con Lucas Fernández (*Farsa del soldado*). Corresponde esta falsa genealogía a una tendencia del positivismo entonces imperante en los estudios literarios. Los estudiosos atendían más a la materia que a la forma, a las piedras sueltas que al edificio, concentrando sus esfuerzos no en los problemas de estructura y función, sino en los de fuentes, orígenes e influencias. Antes de Rueda hubo cortas piezas jocosas, hubo tipos cómicos, modos de jocosidad y argumentos que preludian y anticipan los suyos, pero estrictamente hablando no hubo todavía entremeses.

La palabra, antes de nombrar un género teatral, designó toda suerte de cosas, entre ellas los manjares y platos variados (Alonso de Palencia). Desde mediado el siglo xv significaba también cualquier intermedio festivo intercalado en celebraciones, pompas y alegrías públicas; cuadro vivo, divertimiento musical, danza, torneo, momos. Hasta el segundo tercio del siglo xvi no hay constancia de que se usase para especificar una escena, un diálogo gracioso insertado en una representación seria.[2] El hombre, *animal ridens,* propende a meter una cuña de risa hasta en la religión y en la tragedia. De esta intrusión del elemento cómico no se libraron ni el auto ni la comedia sentimental o novelesca.

Los hombres de teatro, con la mira de agradar al "vulgo necio", infiltraron la materia sentimental o sacra que formaba el cuerpo de la representación, con trechos festivos en que dialogaban personajes de ínfima condición social. Estos diálogos, flojamente ligados a la acción principal, podían fácilmente ser transportados a otro lugar de la pieza y hasta a una pieza diferente. El entremés nació el día en que, desglosados del contexto, fueron transportados a textos nuevos y acabaron formando un repertorio cómico movible y trashumante. Fue, según nuestra documentación escasísima, Lope de Rueda quien creó este repertorio de situaciones y sales; y fue Joan Timoneda quien lo recogió cuando todavía guardaba su doble cara y función: de fragmento de comedia o *paso,* y de intermedio festivo movedizo e independiente, es decir *entremés.* El nuevo género, si de una parte incorporaba asuntos tradicionales y gracias viejas, de otro admitía la colaboración, más o menos improvisada, de los actores. Por ello ni el mismo Timoneda podía a veces discriminar entre las piezas del genial sevillano y las piezas de sus imitadores. Mientras la primera colección de entremeses, *El Deleitoso* (1567), afirma contener "muchos passos graciosos del excellente y gracioso representante Lope de Rueda", la autoría de la segunda, *Registro de repre-*

---

[2] Joseph E. Gillet, *An Easter-play by Juan de Pedraza.* Extrait de la *Revue Hispanique,* t. 81, 1935, p. 8, nota 3, observa que el uso primitivo de la voz *entremés,* en su acepción dramática, parece pasar por tres momentos: 1. breve escena cómica desglosable (*Comedia de Sepúlveda,* 1547); 2. una breve escena cómica orgánicamente desglosada (Pedraza, 1549); 3. una breve escena cómica desglosada y presentada separadamente (Horozco, *Entremés,* ¿1548-1550?).

sentantes (1570), está indecisa, pues el coleccionador se limita a comunicarnos que "van registrados por Joan Timoneda muchos y graciosos pasos de Lope de Rueda y otros diversos autores".

Si el librero y dramaturgo valenciano no hubiese tenido la iniciativa de publicar las comedias y entremeses del genial sevillano, la historia del género sería un puro misterio, se reduciría a una serie de testimonios entusiastas. Entre ellos destacan los de Cervantes, que intercaló en *Los baños de Argel* 35 versos de un coloquio de Rueda bien guardado en su memoria, y trazó, al frente de las *Ocho comedias y ocho entremeses,* un juicio lisonjero del actor y del autor. Es indispensable transcribir los fragmentos más pertinentes: [3]

"Tratóse también de quién fue el primero que en España las sacó de mantillas (= las comedias), y las puso en toldo, y vistió de gala y apariencia; yo, como el más viejo que allí estava, dixe que me acordava de aver visto representar al gran Lope de Rueda, varón insigne en la representación y en el entendimiento... En el tiempo de este célebre español, todos los aparatos de un autor de comedias se encerravan en un costal... Las comedias eran unos coloquios como églogas entre dos o tres pastores y alguna pastora: adereçavanlas y dilatávanlas con dos o tres entremeses, ya de negra, ya de rufián y ya de bobo y ya de vizcaino: que todas estas quatro figuras y otras muchas hazía el tal Lope con la mayor excelencia y propiedad que pudiera imaginarse."

Cervantes, a juzgar por su silencio, desconocía las comedias en prosa de Rueda, aunque llevaba en la memoria piezas que nosotros no poseemos. Y de sus talentos de farsante y poeta guardaba tan indeleble recuerdo que le ha convertido en un genio mítico, encarnación del poder y magia del teatro antes que figura histórica. Nuestros pobres datos no aclaran bien lo que el entremés debió a los sucesores del sevillano:

---

[3] Schevill-Bonilla, *Comedias y entremeses,* I, p. 6.

a Nabarro el toledano, el cual "fue famoso en hazer la figura de un rufián cobarde"; a Nicolás de los Ríos, evocado en *Pedro de Urdemalas*; a Pedro Hernández, el cual encarnaba con maestría los alcaldes de pueblo, y legó al archivo del lenguaje el tipo de Pedro Hernández el flemático. Las lagunas de nuestra información nos fuerzan a saltar de Lope de Rueda a Cervantes.

Si tras los de Rueda leemos los entremeses cervantinos, nos salta a los ojos tanto la continuidad como la renovación. La continuidad no sólo en chistes y frases idénticos, sino en la reencarnación de personajes como el rufián y el vizcaíno y en el empleo de ciertas modalidades de diálogo. Pero en los años que median entre los dos, se ha consolidado y transformado el entremés. Ha sido conquistado por la furia de la danza que invade todas las clases sociales y hace decir a Cervantes (*La gran sultana,* III): "No ay muger española que no salga / del vientre de su madre bailadora". Fue, según dice nuestro autor poco después en la misma comedia, Alonso Martínez quien introdujo en el teatro los bailes cantados "que entretienen y alegran juntamente / más que entretiene un entremés de hambriento, / ladrón o apaleado". Esta furia musical y danzante suele llenar de barberos y guitarras los finales de los entremeses. Y como mal pueden bailar y cantar juntos los personajes sin llegar antes a una adecuada conciliación, las crudas violencias, las ristras de insultos y los aporreos que, de acuerdo con tradiciones carnavalescas, remataban las piezas, son lentamente sustituidos por un fin de fiesta musical, precedido de recíproca armonía.

Otro cambio importante fue el progresivo refinamiento. El entremés, emparedado entre dos actos de un género superior, ascendente, como la comedia en la época de Lope de Vega, se estiliza, asciende de simple entretenimiento a las alturas del arte. Signo de esta estilización es la reaparición del verso que Cervantes usa ya en dos de sus piezas, *La elección de los alcaldes de Daganzo* y *El rufián viudo*. Cinco años más tarde, en 1620, triunfará rotundamente, si bien el entremés ya no empleará versos cantables y estrofas rigurosas, sino endecasílabos libres o en silva, y octosílabos: es decir una versificación no muy alejada de la conversación. Con ello desaparecerá la improvisación y colaboración de los actores.

Esta literatización, estas complejidades crecientes se ponen de manifiesto en los personajes, en el habla y la estructura. Detengámonos en los personajes cómicos. Lope de Rueda encontró en la práctica de los comediantes dos papeles dominantes: el pasivo y el activo. El pasivo encarnaba en el *insensato* con sus múltiples escalones de tonto a tontiloco, el cual por una parte representaba la fuerza de los apetitos elementales, por otra, al no comprender las normas sociales, morales o lingüísticas, convertía en materia de risa las leyes y convenciones. El activo tomaba cuerpo en el *tracista*, urdidor de astucias o embelecador, diestro en dar realidad al engaño y escamotear la verdad, cuya genealogía remonta por lo menos al siervo de Plauto. Rueda hizo reír a costa del bobo, constantemente hambriento o apaleado. Poco a poco el bobo primordial perdió su gracia para un público cada vez más sutil y malicioso, siendo sustituido por el bellaco. Como dice Gonzalo Correas "Ya no hay bobos, que somos bellacos todos". [4] Junto a estos puntales de la risa, bullía cierto número de figurillas, estereotipadas por obra de la literatura y el teatro, a las cuales los espectadores reconocían inmediatamente: el lacayo arrufianado, el estudiante apicarado, la alcahueta, el bárbaro negro o vizcaíno que suscita la carcajada con su chapurreo. Entre estas figurillas Rueda dio un relieve especial al fanfarrón, rufián o soldado, cuya estampa clásica es alterada por las experiencias de la guerra y el burdel. Cervantes,

4 Gonzalo Correas, *Vocabulario*, edición de L. Combet, Bordeaux, 1967, p. 158.

prendado de la magia teatral, prefiere al *tracista* cuyas ficciones poseen mayor fuerza de convicción que la cruda verdad y lo exalta en los personajes de Chanfalla o Montiel, el del *Retablo,* y el escolar nigromante de *La cueva.*

Cervantes, no sólo dobló el número de actores —cuatro o cinco en Rueda, hasta nueve o diez en sus piezas— sino que diversificó el repertorio de tipos, ampliando las variedades de rústicos, incorporando el mundo urbano de su tiempo. Desaparece el bobo con su hambre inmortal y hasta los agentes o actuantes funcionales tienden a cobrar trazos distintivos con arreglo a su edad, su temperamento y su cultura, convirtiéndose en papeles teatrales.

ENTREMESES ATRIBUIDOS.
ENTREMESES EMBEBIDOS EN COMEDIAS

El fetichismo cervantino —escribe con razón Armando Cotarelo— [5] apoyándose en las palabras de Cervantes, al frente de sus *Novelas ejemplares,* acerca de obras suyas que "andan por ahí descarriadas y quizá sin el nombre de su dueño", ha ido colgando a su ídolo la paternidad de por lo menos once entremeses. Unos le son atribuidos por sus primores estéticos, otros a base de ciertas semejanzas argumentales con sus novelas y piezas genuinas. Fueron sobre todo algunos cervantistas andaluces —Aureliano Fernández Guerra, José M.ª Asensio, Adolfo de Castro y José M.ª Alava— quienes en el siglo pasado pusieron a la puerta de Cervantes, cual si fuesen hijos suyos legítimos, estos partos anónimos, sacándolos ya de libros impresos, ya de manuscritos. [6] Antes de los andaluces, Martín Fernández de

---

[5] Armando Cotarelo y Valledor, *El teatro de Cervantes.* Estudio crítico, Madrid, 1917, p. 685. Cotarelo hijo consagra las pp. 685-740 a una minuciosa información sobre los entremeses atribuidos.
[6] Cuatro fueron publicados por Adolfo de Castro, *Varias obras inéditas de Cervantes,* Madrid, 1874. Casi todos los atribuidos andan

Navarrete le había ahijado *Los habladores,* alegando una impresión sevillana de 1624 que lo atribuía a Miguel de Cervantes. Pero tanto esta impresión, como la de Cádiz 1646 que poseía, según afirman, Aureliano Fernández Guerra, parecen haber desaparecido. Por ello queda en duda la paternidad de este entremés, cuyas dos situaciones —el lance de las cuchilladas y la descomunal batalla entre hablador y habladora de que sale victorioso Roldán— están desempeñadas con lucimiento. La modalidad de diálogo consistente en engarzar la réplica con el dicho del locutor precedente mediante la repetición de una palabra repetida y como subrayada, es muy cervantina. Sino que a Roldán esta palabra le sirve para alejarse del tema creando un seudodiálogo, mientras los personajes cervantinos no se salen arbitrariamente del cauce semántico del coloquio ni se disparan en una dirección absurda. Entre los diez restantes hay dos originales y bien construidos que pueden hombrearse con algunos de los auténticos y han sido varias veces editados juntamente: *La cárcel de Sevilla* y *El hospital de los podridos.* [7]

Como esbozos de posibles entremeses suelen tomarse dos pasos cómicos flojamente ligados a dos comedias cervantinas, los cuales fácilmente podrían desglosarse. El primero es el "entremés" interrumpido e inacabado que en *La entretenida* representan los lacayos Torrente y Ocaña junto con dos fregonas y un barbero flor de los bailarines. El segundo, que recuerda *Los alcaldes de Daganzo,* es un episodio aldeano donde el alcalde Martín Crespo, asesorado por Pedro de Urdemalas en la comedia de este nombre, dicta sus graciosas justicias o alcaldadas. [8] Pero estas dos piececitas interiores están

---

juntos en la *Colección de entremeses... desde fines del siglo XVI...* por Emilio Cotarelo, *NBAE,* t. I, vol. 1.º, Madrid, 1911.

[7] Acerca de estos dos entremeses véase E. Asensio, *Itinerario del entremés desde Lope de Rueda a Quiñones de Benavente,* Madrid, 1965, pp. 86-97.

[8] F. Maldonado de Guevara, "Entremés de la entretenida", *Anales cervantinos,* t. VII, 1958, pp. 317-323.

perfectamente engastadas en sus comedias respectivas y no podrían arrancarse sin que la pieza mayor quedase mermada.

Recientemente se ha intentado probar que en las escenas de Monipodio y sus cofrades está embebido y traspuesto a forma novelesca un entremés anterior. La evidente relación de *El celoso extremeño* y *El viejo celoso* da más visos de plausibilidad a esta hipótesis que no acaba de imponerse. [9] Pero no hay que olvidar que entremés y novela difieren tanto por la técnica de presentación del argumento, como por el enfoque de la realidad.

CLASIFICACIÓN DE LOS ENTREMESES

La cronología de los ocho entremeses —que podría iluminar los jalones de su aprendizaje y las mudanzas de su gusto— no puede establecerse de modo satisfactorio. Teniendo en cuenta que la *Adjunta al Parnaso* declara tener acabados seis únicamente, ¿cuáles son los añadidos? ¿Habrá rejuvenecido dos más antiguos que andaban en sus gavetas? ¿Serán los dos entremeses en verso los postreros, como escritos para rendir tributo a una moda nueva? Imposible resolver con seguridad estas incertidumbres. Muchos aceptamos provisionalmente la opinión de Milton A. Buchanan de que las piezas fueron compuestas hacia 1610-1612; [10] aunque no vemos razón para no prorrogar la composición o la refundición hasta 1614. El que tiene pátina más antigua, por sus ecos de Pedro de Padilla, por su torpeza de construcción y sus aires sayagueses, sería *La elección de los alcaldes de Daganzo*. Schevill-Bonilla lo colocaban a finales del XVI y ahora Noel Salomon corrobora esta hipótesis por descubrir alusiones a un so-

---

[9] Domingo Yndurain, "Rinconete y Cortadillo: de entremés a novela", *BRAE*, t. 46, 1966, pp. 321-334.
[10] Milton Buchanan, citado por S. G. Morley, "Notas sobre los entremeses de Cervantes", *EMP*, t. III, 483-496. La cita en p. 488.

nado pleito que los villanos de Daganzo tuvieron por aquellos años con su señor feudal, el Conde de Coruña. [11] Pero no es forzoso que las alusiones a sucesos famosos sean estrictamente coetáneas. Buena parte de ellos encierran referencias internas que revelan un *terminus a quo*: *El rufián viudo* que no ha de ser anterior a la boga de la jácara de Escarramán (1611-1612); *La guarda cuidadosa*, de 1611 por lo menos, al igual que *El vizcaíno fingido*.

A falta de una plausible ordenación cronológica Rafael de Balbín Lucas los ha clasificado en tres grupos diversificados por sus asuntos: [12] 1. *Tema amoroso matrimonial* integrado por *El juez de los divorcios* y *El rufián viudo*; 2. *Tema social*, que comprende *Los alcaldes de Daganzo*, *La guarda cuidadosa*, *El vizcaíno fingido* y *El retablo de las maravillas*; 3. *Tema amoroso matrimonial* (infidelidad), que abarca *La cueva de Salamanca* y *El viejo celoso*. Se basa en que toda obra poética, y más de tendencia satírica, crece en torno a un núcleo temático, cuya exploración ha de preceder a la misma valoración crítica. Sin duda los mismos entremeses que miran la vida irónicamente, desde el ángulo de la risa y no de la enseñanza, revelan directa o indirectamente una actitud moral y social. Parece, sin embargo, preferible una clasificación puramente literaria y específicamente teatral.

Joaquín Casalduero los reparte en dos grupos, uno formado por *El juez de los divorcios*, *El rufián viudo*, *Los alcaldes de Daganzo*, *La guarda cuidadosa*, en que "la figura está en función del diálogo y el entremés está formado por una serie de cuadros": otro, igualmente

11 Noël Salomon, *Recherches sur le thème paysan dans la 'comedia' de Lope de Vega*, Bordeaux, 1965, pp. 119-120. Schevill-Bonilla, *Comedias y entremeses*, t. VI, pp. 135-136 afirman que "ni por su lenguaje ni por su técnica podría ser del siglo XVII". Sin embargo el entremés sigue explotando muchos años más tarde la veta villanesca, especialmente en boca de Juan Rana, alcaldes de monterilla y regidores.

12 Rafael de Balbín, "La construcción temática de los entremeses de Cervantes", *RFE*, t. 32, 1948, pp. 415-428.

compuesto de cuatro —*El vizcaíno fingido, El retablo de las maravillas, La cueva de Salamanca* y *El viejo celoso*— donde "la figura está en función de la acción, los cuatro consisten en una burla". [13] Esta distinción, algo esquemática y metódicamente irreprochable, merece ser retenida y ahondada.

Los entremeses de Cervantes, tan cargados de tradición como inclinados al experimento, gravitan entre dos tipos extremos: la pieza de acción y movimiento y la pieza estática sin protagonista ni desenlace. La de acción presenta una cadena de sucesos causalmente eslabonados, que desembocan en un final festivo que tiene mucho de caprichoso, de explosivo y sorprendente. Hay una intriga con personajes activos, hay movimiento hacia una meta. En este grupo podemos incluir *La cueva de Salamanca, El viejo celoso* y *El vizcaíno fingido*. En el polo opuesto está la pieza estática, sin anécdota, ni encadenamiento motivado de sucesos, en la cual desfila una serie de personajes colocados en una situación común frente a la que reaccionan de modos diferentes revelando su diversidad y acentuando sus contrastes. La común situación y la presencia de un juez o árbitro, ya individual, ya colectivo, les presta una apariencia de unidad. Tales son *La elección de los alcaldes de Daganzo* y *El juez de los divorcios*. Una tercera modalidad de entremés, aliando la reseña de personajes a una tenue, de cuando en cuando interrumpida acción que los encuadre, armoniza el retratismo y el movimiento hacia un desenlace. En ella podríamos incluir *El rufián viudo, La guarda cuidadosa* y *El retablo de las maravillas*.

El entremés de acción explota frecuentemente para sus asuntos el filón del folklore, de la novelística y de la facecia o anécdota comunal. En la comedia —en el momento en que el entremés se desglosa— hay separación de entes cómicos y entes funcionales. Los entes

cómicos, como el bobo y el rufián, están al margen
de la acción. A su cargo está el provocar las risas y el
retardar el desenlace, mientras los entes funcionales
—donde hay una burla hace falta un burlador— tienen
por función primordial el contribuir al desarrollo de
la acción. La primera fase del entremés va incorporando a la acción los entes cómicos hasta que acción y
comicidad encarnan en los mismos personajes. No hay
en Cervantes entes meramente funcionales, pues procura de un lado darles un barniz de caracterización, de
otro lado pretende, aunque a veces quede maltratada
la verosimilitud, aprovechar la sustancia jocosa de una
situación o personaje, prestándole gracia e ingeniosidad.
Pero en unos entremeses predomina el movimiento de
una historieta que camina hacia una explosión de risa,
en otros impera la mera atracción de una serie de personajes que hasta desvinculados de una trama, tienen
valor cómico por sí mismos. El último desarrollo del
entremés fue la pérdida de la acción sustituida por la
mera comicidad de la reseña de personajes.

ENTREMESES DE ACCIÓN

El entremés, sin pararse en escrúpulos cuando va a
caza de asuntos, entra a saco en los géneros populares
—facecias, chascarrillos, episodios de novela   mostrando predilección por las historietas moldeadas en la
imaginación colectiva. Su originalidad no reside en
la materia, sino en el modo de enfoque, el repertorio
de entes cómicos, la tonalidad de diálogo. Para ilustrar
este aspecto voy a cotejar *La cueva de Salamanca* con
Der fahrende Schueler mit dem Teufelbannen (*El escolar andariego y el conjuro del diablo*), farsa carnava-
lesca que en 1551 compuso Hans Sachs, el zapatero
poeta de Nuremberg. [14] Ambas obras explotan el mismo

---

[14] Puede leerse en Hans Sachs, *Elf Fastnachspiele aus den Jahren
1550 und 1551.* Herausgegeben von E. Goetze, Halle, 1883, pp. 124-
135.

tema cómico del escolar nigromante que rodaba por varias naciones. La semejanza de argumento fue puesta en claro, hace más de cien años, por von der Hagen, el cual estudió la difusión del asunto por Francia, Alemania e Italia.[15] Ignoramos si Cervantes recibió la sustancia narrativa por la vía oral o por algún libro italiano no identificado: hacia Italia orientan los nombres de la mujer y el marido, Leonarda y Pancracio. El modo de manipular un material mostrenco, ya dramatizado por otro autor de farsas, puede poner de relieve tanto la personalidad de Cervantes como las convenciones y limitaciones del género que cultiva. La imaginación cervantina tendrá que transportar la materia folklórica a las pautas y tradiciones del entremés, actualizar las situaciones y tipos confrontándolos con su experiencia y la de los espectadores. El resultado será instructivo lo mismo para las normas vigentes en el tablado que para los gustos e intenciones del escritor.

La adaptación de Hans Sachs, limitada a cuatro personajes y cerca de 300 versos, emplea fórmulas teatrales más primitivas que la de Cervantes. Mientras el español desde el principio sabe encerrar la exposición en un diálogo animado y lleno de sorpresas, el alemán empieza con un monólogo y acaba con otro monólogo que no son los únicos de la pieza. Hans Sachs dramatiza su cuento de este modo. Una campesina aprovecha la ausencia de su marido para encontrarse con su amante el cura. Ya están preparados los manjares que han de preludiar el adulterio cuando llama a la puerta un estudiante que mendiga una limosna para costear sus estudios. Rechazado e insultado por el cura, resuelve vengarse. Pero cuando impensadamente llega el marido,

---

[15] Friedrich von der Hagen, *Gesammtabenteuer. Hundert altdeutsche Erzaehlungen*, Stuttgart, 1850, 3 vols. En el tercero, pp. XXIX-XXXV, recoge la difusión del tema por tiempos y pueblos diversos. Por ejemplo, en el fabliau *Du pauvre clerc*, en los poetas alemanes Hans Rosenblüt (s. xv) y Hans Prost, contemporáneo de Sachs; en el italiano G. B. Basile, 4.ª narración del segundo día del *Pentamerone*. Las semejanzas mayores median entre Cervantes y Hans Sachs.

en lugar de denunciar el adulterio, vende caro su silencio. Desplumará y humillará al cura, que a la voz de sus ridículos conjuros, tendrá que acudir desnudo, envuelto en una piel de potro y tiznado de carbón, trayendo la comida preparada y pagando además una fuerte suma de dinero. Y el estudiante en su monólogo final, ufano de haber sacado los cuartos tanto al cura como a la adúltera y al mismo marido, cerrará la pieza con una defensa de su bellaquería. Hans Sachs ha motivado cuidadosamente cada paso de la acción, pero la comicidad es tosca: ristras de insultos, sátira anticlerical, violencia verbal.

Las modificaciones de Cervantes a la historieta tradicional, unas obedecen a la censura tácita de la comunidad, otras a la urgencia de dar a los sucesos una ambientación nacional, otras a la conveniencia de eliminar partes muertas teatralizando intensamente la entrada y el final, otras al clima de regocijo que domina todo y culmina en el desenlace.

La censura preventiva moral no impedía sacar a plaza las lacras y flaquezas humanas como el adulterio, a condición de no poner el paño al púlpito y desviar las situaciones potencialmente trágicas hacia la comicidad: el mismo público que reclamaba en la comedia de tres actos el bárbaro castigo de la adúltera, aplaudía en el entremés el triunfo de la sensualidad y el engaño femenino, regodeándose con el espectáculo del marido befado y contento. En cambio, a partir de Trento y su condenación de la sátira anticlerical, aceptaba, o mejor exigía, que los frailes y curas libertinos y enamoradizos —todavía puestos en la picota por Gil Vicente y Diego Sánchez de Badajoz— fuesen sustituidos por sacristanes. [16] Cervantes, que había puesto en boca del

16 Léo Rouanet, *Intermèdes espagnols du XVIIᵉ siècle*, Paris, 1897, p. 34, nota, advirtió ya que "les sacristains jouaient dans les *entremeses* un rôle analogue à celui des moines dans nos vieilles farces". E. Cotarelo, *obra cit.* comenta el desborde de sacristanes: "Puede suponerse que representa mitigado el personaje clérigo o fraile de los cuentos de la Edad Media y de las farsas italianas,

Licenciado Vidriera la máxima *nolite tangere christos meos,* reemplaza el clérigo pecador del folklore europeo por el subalterno de la sacristía. Pobres sacristanes vueltos en peleles enamoradizos, soltando galanterías en latín de cocina para complacer al vulgacho, sustituyendo muchas veces a su superior jerárquico a quien no se podía atacar impunemente. Uno de esos triviales monigotes cómicos es nuestro sacristán de *La cueva.* Pero esta censura preventiva tiene una faceta creadora. Rebajado el adúltero, la adúltera se transforma en personaje animado y lleno de sorpresas. Leonarda, zalamera y empalagosa en la despedida que abre la pieza, maldiciendo al marido y desquitándose de su castidad apenas vuelve las espaldas, con sus bruscos saltos de tono y de estilo, con su sensualidad descocada y su alegría bullidora, es un papel muy lucido. Se nos desdibuja un poco al final cuando, en aras de las necesidades teatrales y del fin de fiesta, la "casta" Lucrecia se brinda a bailar la lasciva danza de Escarramán. El entremés, para acabar en alborozo festivo, suele olvidar o descuidar otras consideraciones como la lógica del carácter.

El estudiante *tracista* con ínfulas de nigromante encarna el embaucador, personaje doblemente teatral que instala una ficción interior dentro de la ficción central. Cómplices de sus engaños seguimos intrigados el doble juego de este Proteo que no recata su poder de transformación. Es el engaño a la vista. El nigromante ficticio pertenece al repertorio cómico internacional. Para darle un barniz castizo, Cervantes le hace salmantino, supuesto maestro de las artes enseñadas en la mágica cueva, y le envuelve en una red de referencias contem-

---

portuguesas y francesas del siglo xvi. En España no se hubiera tolerado presentar un sacerdote o un conventual enamorado" (p. CLII del prólogo). Esto sería cierto tras el concilio de Trento, pero ni el clérigo Diego Sánchez de Badajoz, ni otros muchos prelopistas se privaron de sacar al tablado hombres de iglesia enamoradizos y pendencieros. Cfr. William S. Hendrix, *Some native comic types in the early Spanish drama,* Columbus (Ohio), 1924, pp. 10-15.

poráneas: Roque Guinart, el baile de Escarramán, gesto apicarado. Acaso para acentuar el carácter de juego, envuelve las escenas de amor y de conjuro en una atmósfera de parodia literaria: ecos de las *Trescientas* de Juan de Mena, cantarcillos escritos como prosa que Alberto Blecua ha conseguido identificar.

El doblar las parejas de enamorados —sacristán y barbero, Leonarda y Cristina— es una conveniencia, casi necesidad, de la dramatización. Permite eliminar monólogos, establecer una comicidad hecha de contrastes y variaciones. Y la particular simpatía que Cervantes siente por sus mujeres, aun las más erradas, colabora para hacer amable la inversión de valores morales que está en las tradiciones del entremés.

La diferencia entre las dos obritas de Hans Sachs y de Cervantes se debe no sólo a la personalidad de sus autores sino a que cada uno de ellos se mueve dentro del área literaria y social de su tradición. Cervantes ajusta el asunto, la construcción teatral y el lenguaje escénico a las esperanzas de los espectadores, avezados a la modalidad del entremés, género menor autónomo, desvinculado ya tanto de los autos primitivos como de la comedia en tres actos absorbente y floreciente. Si Cervantes por su genialidad desborda de los estrechos cauces de Lope de Rueda y sus epígonos, se mantiene fiel a sus convenciones centrales: comicidad a toda costa, construcción libérrima y abierta a la sorpresa, alianza de imaginación y actualidad. El entremés, reverso o complemento de la comedia exaltadora del amor, el honor y la aventura, no cree de su incumbencia el proteger los ideales éticos, ni el hacer triunfar la moralidad social castigando el adulterio. Esta ejemplaridad queda reservada a la comedia, mientras el entremés prefiere divertirse a costa de las flaquezas de los hombres.

El viejo celoso, pieza de acción, ha sido frecuentemente tildada de amoral por críticos que, sin tener en cuenta las convenciones del género, le querían imponer las rígidas sanciones con que la comedia sanciona la conducta descarriada. [17] Si hoy nadie acepta la condenación de Franz Grillparzer, el dramaturgo vienés, que consideraba la obrita como la más desvergonzada que registran los anales del teatro, abundan todavía los que extrañan el desenfreno con que Lorenza, en la fugaz escena de adulterio tras la puerta, pondera los encantos de su galán. [18] El asunto carece, a primera vista, de toda ejemplaridad. Lorenza, la mozuela casada, por imposición familiar, con un vejete rico que, atacado de la dolencia de los celos, la guarda tras muros y rejas privándole de todo contacto humano, suspira por la libertad y el amor. El amor —o por lo menos la sensualidad— lo descubre en los brazos de un mozo introducido por una alcahueta en las barbas del marido mediante ardides folklóricos. La adúltera corona su proeza, plañendo ante el corro de vecinos, atraídos por sus gritos, los celos del marido y su inocencia mal apreciada. Georges Cirot, autor de un ensayo en que sitúa el tema dentro de la obra total de Cervantes, [19] observa que la moralidad consiste justamente "dans la leçon qui se dégage de l'immoralité même, parce que cette leçon nous apprend la vie et nous prémunit contre l'illusion, la chimère, la sottise". Tendríamos, en suma, una lección de escarmiento dada por la experiencia a quienes, después de torcer el curso natural del matrimonio que debe ser libre y entre iguales, pretenden imponer fidelidad a la esposa mediante lo que Beaumarchais llamaba "la inútil precaución".

[17] Armando Cotarelo, *El teatro de Cervantes*, p. 528: "Indecente y escandaloso es... que la esposa se haga justicia por su mano". Américo Castro, *El pensamiento de Cervantes*, Madrid, 1925, p. 135: "Nunca ha escrito Cervantes con tan desvergonzado cinismo como en esta deliciosa obrita". Se podrían fácilmente aumentar las citas.
[18] A. Cotarelo, *obra cit.*, pp. 515-519. A. Bonilla, *Entremeses*, pp. 242-244.
[19] G. Cirot, "Les maris jaloux de Cervantes", *Bull. Hispanique*, t. 31, 1929, pp. 1-74. El trecho copiado, en pp. 29-30.

Para decirlo con palabras cervantinas, sería "exemplo y espejo de lo poco que ay que fiar de llaves, tornos y paredes quando queda libre la voluntad" (*El celoso extremeño, Novelas exemplares,* ed. Schevill-Bonilla, II, p. 264).

El viejo celoso ha sido un día de fiesta para los buscadores de fuentes. Se han encontrado analogías en relatos orientales, italianos, se han descubierto modelos vivos en la crónica local de Sevilla. Claro que esta coincidencia última poco o nada quiere decir, pues, como suelen decir los amigos de paradojas, la naturaleza imita al arte. La fuente más importante fue, a no dudarlo, Cervantes mismo que repetía al modo cómico la historia de *El celoso extremeño* Carrizales, rebautizado en Cañizares. Para mí la anterioridad de la novela tiene fuertes garantías en la relación usual entre el modo jocoso y el modo trágico. Regla práctica es que el tratamiento serio de un asunto anteceda al cómico, que el poema épico vaya delante del burlesco, y no convence la hipótesis propuesta por Schevill-Bonilla de que el entremés sería "un esbozo o ensayo preliminar de la famosa novela cervantina" (*Comedias y entremeses,* VI, p. 156). La historieta estaba ya plasmada en la versión novelesca, de tono casi trágico y Cervantes la ha pasado al registro entremesil barajándola con juguetonas ocurrencias tomadas ya de la tradición oral, ya de la literatura. Claro que el verdadero sistema de analizar una pieza es arrancar del conjunto, del plan general y no del incidente o episodio separable. Pero no debemos por eso despreciar la ocurrencia aislada y su modo de integrarse en la representación total.

El Oriente, la gran "bonanza" del cuento, puede haber inspirado el ardid del paño que se despliega para esconder la salida o entrada del galán. La más temprana aparición del incidente es en la *Disciplina clericalis* o *Enseñanza de letrados* de Pedro Alfonso, judío converso natural de Huesca que escribía a principios del siglo XII. Tal ha sido su difusión que hace poco menos que imposible señalar la fuente precisa, suponiendo que no llegase por la vía oral. Morimos de indecisión entre tantos manjares posibles, como el asno de Buridan.

A Italia y su literatura, que Cervantes amó tanto, debe quizá su deuda mayor. Ya Adolfo Bonilla en 1916, encontrando el entremés "por el asunto y la forma enteramente aretinesco" y extrañando las "demasiado picantes alusiones no muy frecuentes en Cervantes", concluia: "Todo el ambiente es, en efecto, italiano, y lo son asimismo las costumbres retratadas" (*Entremeses*, p. XXXIV). Pero ha quedado reservado a Stanislav Zimic el señalar un probable "alimento literario": la novela quinta de la parte primera de Mateo Bandello, en la cual "Bindoccia beffa il suo marito che era fatto geloso". En ella Bindoccia, igual que Lorencica, engaña a su marido con la verdad, pues "separada del marido sólo por una puerta, emprende con él una conversación en que ella se refiere ambiguamente a lo que está ocurriendo". Comprobando esta curiosa analogía, Zimic descubre la huella de Bandello "visible en el tema, en los episodios, en el ambiente, en algunas expresiones verbales y, muy importante, en el tono general del entremés". [20] Aunque Cervantes no necesitaba buscar fuera de casa lo que ya llevaba dentro —su oposición a los casamientos entre viejos y mozas, o su gusto de afrontar y dominar los riesgos de situaciones y chistes escabrosos— una coincidencia tan llamativa hace plausible el préstamo. No mostró Cervantes poca osadía al representar en el tablado lo que ya parecía subido de color en la novela. Resolvió el difícil problema mediante recursos ingeniosos: dar una rapidez fulminante a la escena erótica tras la puerta, imponer un silencio fantasmal al galán que entra y sale como una sombra,

---

[20] Stanislav Zimic, "Bandello y *El viejo celoso*", *Hispanófila*, n.º 31, 1967, pp. 29-41.

en una palabra, desrealizar la situación quitándole toda pretensión de verdad práctica, de peso y gravedad, convirtiéndola en una especie de burla estilizada.

Más que las múltiples concomitancias con el folklore y la novelística interesa la relación con *El celoso extremeño*. Ya dijimos que, obedeciendo a una norma de buen sentido, suponemos que la tragedia de honor y celos precedió al esperpento, la novela ejemplar al entremés. Las historietas de viejos y mocitas malcasados habían brindado asunto a cien facecias y cuentos, prestándose a derivar ya por la vertiente trágica, ya por la cómica. Cervantes renovó este material mostrenco encuadrándolo en el marco de su experiencia sevillana. Primero lo plegó a las exigencias de la novela, luego a las del entremés. Porque la esencia de los géneros literarios reside no en el asunto sino en el enfoque, no en el *qué* sino en el *cómo*. En la novela la seducción de Leonora se desarrolla lentamente, gradualmente, apoyada en justificaciones internas, en eslabonamientos causales, con la colaboración del ambiente y del coro de servidores. En el entremés el arduo problema de honor se resuelve en un brevísimo diálogo con Cristina, la niña perversa, y la falta se consuma sin más asistencia que la de Hortigosa la alcahueta. En la novela recorremos múltiples registros de sentimientos, mientras el entremés, sin más aspiraciones que la jocosidad, tiñe de colores ridículos todos los estados de conciencia, incluso el amor y el terror.

Cervantes exhibe una rara maestría en el arte del diálogo entremesil, dando a los personajes una a modo de segunda identidad mediante una diestra manipulación de los resortes del lenguaje. El habla del marido, sensata en su locura reflexiva, salpicada de cultura escolar, contrasta con la parla espontánea y apasionada de Lorencica y Cristina que aman los dichos y cantarcillos de la calle y saltan con ligereza de la injuria al lamento patético.

El vizcaíno fingido, si no el más inspirado, es el más ejemplar de los entremeses de acción. Y eso que sus personajes —dos ninfas del rumbo, dos cortesanos aficionados a embromar y "dar perro muerto", un platero mujeriego y un alguacil poco melindroso en materia de soborno— proceden de la vida libre y sus aledaños. Solórzano el cortesano anticipa que la estafa a la sevillana Cristina no irá más allá de una broma, "ni ha de ser con ofensa de Dios, ni con daño de la burlada, que no son burlas las que redundan en desprecio ajeno". Tan escrupuloso moralista jamás subió al tablado de los entremeses. El público avezado a las convenciones del género esperaría sin falta que el chasqueador resultase chasqueado, que se volviesen las tornas y el petardo le estallase entre las manos. Pero la sorpresa de la pieza consiste en que no hay sorpresa y el proyecto se cumple punto por punto. El espectador, cómplice de los burladores, ha de seguir con regocijo irónico los sobresaltos de las dos cortesanas que, no estando en el secreto, actúan con plena espontaneidad. Por Cristina, más discreta que taimada, la cual tiene puntas y ribetes de diablillo predicador: por Brígida, cuyos aspavientos y envidia mal disimulada tras protestas fingidas de amistad forman un gracioso contraste a la discreción de su compañera. El falso vizcaíno con sus traspiés y chapurreo encarna una figura convencional que hoy nos deja fríos y se hacía aplaudir en la época. Aquella sociedad, sintiendo la urgencia de un habla común y unificada en una península lingüísticamente tan abigarrada, aclamaba a los cómicos que ponían en la picota de la risa las transgresiones gramaticales del vizcaíno, del negro, del portugués. *El vizcaíno fingido,* abundante en alusiones y comentarios de actualidad, y pobrísima en elementos fantásticos se viste colores de sucedido, de anécdota real. La alusión a la premática de los coches —que ya don José de Cavaleri y Pazos en su estrambótico y madrugador "Rasguño de análisis" aseguró se refería a la dada por Felipe III a 3 de enero de 1611 [21]— y la más oscura a la melancolía de los genoveses por la suspensión estatal de pagos, lo sitúan en la inmediata cercanía de la promulgación legal.

ENTREMESES DE ACCIÓN Y AMBIENTE

Un grupo de entremeses cervantinos, sin carecer por entero de delgado hilillo de acción que se mueve hacia su desenlace, retarda la llegada mediante la intervención de variados personajes no estrictamente necesarios desde una perspectiva funcional, pero que sirven para evocar un ambiente, un segmento social. Estos frisos pintorescos, unificados por un encuadramiento exterior o por una situación compartida, se integran flojamente en la acción. Cuento entre tales entremeses de acción y ambiente *El retablo de las maravillas* (villanos y *limpieza*), *El rufián viudo* (hampa sevillana) y *La guarda cuidadosa* (los que llaman a una casa de Madrid).

El retablo de las maravillas escenifica una burla con antiguas raíces folklóricas. Hay cuentos en que un embaucador exhibe una imaginaria pintura o paño [22] mágico que tiene la propiedad de ser invisible a bastardos. Cervantes añade una segunda propiedad que revoluciona el tema y lo aclimata en España: la de ser invisible para los conversos, es decir para los que en su linaje tengan algún hilo o *raça* judía o mora. La acción se sitúa entre villanos de Castilla, la clase social más envanecida de su pureza de sangre, tanto

---

21 *Ocho entremeses* de Miguel de Cervantes Saavedra, Cádiz, 1816, pp. 37-38.

22 Marcel Bataillon, *"Ulenspiegel y El retablo de las maravillas"*, en *Varia lección de clásicos españoles*, Madrid, 1964, pp. 260-267, pone de relieve la analogía de la ficción cervantina con el cuento de Till Eulenspiegel mostrando unas pinturas imaginarias al Landgrave de Hesse, el cual rodaba por Europa desde principios del XVI. Las analogías con *El Conde Lucanor* fueron ya tratadas por Emilio y Armando Cotarelo; con una anécdota de *El buen aviso* de Timoneda, I, 49 (pintura invisible a los bastardos) por Schevill-Bonilla, *Comedias y entremeses*, t. IV, p. 226.

que, considerándolo como una nobleza natural superior a la sangre azul hereditaria, tildaban de linaje impuro no sólo a los hombres de ciudad, sino a los nobles mismos. [23] El teatro, espectáculo urbano o palatino, se ha burlado a menudo de estas ridículas pretensiones. Pero nadie las ha satirizado con tan audaz ironía como Cervantes en este entremés, que toma partido en la contienda acerca de la limpieza de sangre que desgarraba la sociedad española.

El protagonista es Chanfalla, el cual va por los pueblos exhibiendo el portentoso retablo. Chanfalla viene a ser la encarnación del hombre de teatro, del actor cuya labia y metamórfosis de Proteo le ganan prestigios de brujo. Sabe trazar mil embelecos y nos advierte que la burla del retablo es una de tantas, tan buena como la del *llovista* (esta burla del llovista acaso figuraría en algún perdido entremés y sería basada en el tema, tan difundido en todas las sociedades primitivas, del mago que posee la virtud de hacer llover). Habla con el énfasis y solemnidad de quien posee secretos mágicos. Otros titiriteros solían dar vida a sus figurillas prestándoles su voz, transformándose hasta cierto punto en ellas. Chanfalla va más lejos en sus ficciones, pues no sólo las voces y movimientos sino los mismos títeres del retablo son simple fingimiento, sin más consistencia que la palabra del tracista. Doble engaño, culminación del comediante que con sola su voz, sin apoyo corpóreo, ha de crear un mundo dos veces imaginario. Los verdaderos títeres de Chanfalla son los espectadores villanos —los alcaldes y sus familiares— a quienes mueve con los cordelillos de su obsesión, haciéndoles ver visiones hijas de su deseo de ser cristianos viejos y de su temor de no serlo. Los alcaldes villanos y sus familias, acuciados por la obsesión, em-

---

[23] Se documenta por ejemplo en Lope de Vega, *El villano en su rincón*. Cfr. M. Bataillon, *Obra cit.*, p. 330. Para la realidad subyacente, véase Antonio Domínguez Ortiz, *La clase social de los conversos en Castilla en la Edad Moderna*, Madrid, 1955, pp. 144 y ss.

piezan anhelando ver y terminan viendo. El momento glorioso llega cuando el sobrino de Repollo baila con la doncella Herodiana, con la sombra de una quimera. Chanfalla a modo de *regens ludi,* o director escénico, manipula sus actores, los cuales conquistados por su papel se entusiasman o se amedrentan a la medida de su palabra. Tan identificados están con su papel que ni siquiera la sólida humanidad del Furrier consigue separarlos de su mundo. Victoria del fingidor, de Pigmalión sobre el barro que moldea y anima. El apaleo final, despoblando la escena, da al embaucador la última palabra en la que proclama su triunfo.

El retablo ofrece una curiosa singularidad dentro de los entremeses cervantinos: la ausencia de los regocijos finales, de los personajes reconciliados en el canto y baile final. La rápida mutación de personajes, escenarios y emociones nos lleva a un desenlace sarcástico que el autor no ha querido debilitar con el fin de fiesta habitual.

Retrata, con trazo rápido a los palurdos, ofreciendo una animada pintura de la alucinación y la hipocresía frente al candente problema de la limpieza. Para anclar la fantasmagoría en las calles de un pueblo castellano, ingiere los convencionales ingredientes del cuadro villanesco: nombres grotescos, transgresiones lingüísticas. Junto a los villanos presenta dos personajes más cultos: el gobernador aficionado a la farándula y el escribano enmendador del lenguaje. Seguramente Cervantes ha querido divertirse y divertirnos ofreciendo una especie de triunfo de la locura al modo de Sebastián Brandt o de Erasmo. Pero acaso se propuso algo más: combatir la morbosa manía de la limpieza de sangre, los falsos valores de una sociedad alucinada o simuladora. Entre los simuladores están los dos personajes cultos que, acobardados por el terror a pasar por hombres de linaje manchado, aparentan ver las ilusorias escenas del retablo.

La guarda cuidadosa combina la anécdota con la reseña o revista de tipos callejeros. El tenue hililllo argumental presenta una de las más viejas altercaciones: la disputa del hombre de armas y el hombre de iglesia. Los empedernidos buscadores de antecedentes han podido remontarse hasta uno de los más viejos monumentos poéticos de nuestra lengua, hasta *Elena y María,* donde se debaten las ventajas de amar un clérigo o un caballero. En el entremés los contendientes, nada arcaicos y muy actualizados, son un sacristán humilde y un soldado andrajoso y poeta, que se mueven en un plano cómico. La contienda desemboca no en mera sentencia intelectual, sino en un premio codiciado: la mano de una fregona joven y linda. Cervantes que, siguiendo la milicia y la aventura, gastó parte de su juventud por tierras de Italia, pudo ver en cualquier ciudad una representación muy frecuente: el debate dramático entre dos oficiales, aspirantes a casar con la misma muchacha, que ponderan los méritos y ventajas de los oficios respectivos. Era tema obligado, durante los festejos de mayo, lo mismo del *mariazo* de la región véneta que del *bruscello* en Siena y otras poblaciones. Poco importa el arranque u origen del asunto, porque escenario y tipos son españoles y contemporáneos. El soldado, si de una parte puede ser entroncado con el *miles gloriosus* de la comedia humanística, de otra parte es uno más de la legión de veteranos rotos y acuchillados que callejeaban por Madrid con su canuto lleno de memoriales y certificaciones de servicios. Hasta se asemeja un poco al Cervantes que regresa del cautiverio cargado de gloria y esperanzado de recompensas. Ambos son poetas, rondan antesalas, recorren el via-crucis del pretendiente en corte; ambos se percatan de que la proeza militar no conmueve a una sociedad mercantilizada que ha vendido su alma al dinero. Podríamos conjeturar que el Cervantes anciano contempla con humor satírico al Cervantes idealista de los treinta años. Con ello extremaríamos una semejanza somera y genérica, convirtiendo en documento autobiográfico lo que es un personaje de abolengo literario, de comicidad ya aplaudida desde Lope de Rueda. Porque ciertos rasgos suyos nos recuerdan al rufián Vallejo de la comedia *Eufemia* adaptada del italiano. En una de las escenas acrecentadas por Rueda, Vallejo asegura que le "podrían poner delante todas las piezas de artillería, con el serpentino de bronce que está en Cartagena... y finalmente aquel tan nombrado Galeón de Portugal", [24] sin meterle miedo. También el Soldado de *La guarda* proclama que no le han "espantado ni atemorizado tiros mayores que el de Dio, que está en Lisboa". Pero, como siempre, Cervantes ha ennoblecido al tipo cómico, ya que el Soldado no toma ínfulas de rufián ni tiene más tacha que su fantasía y sus bravatas. También el sacristán, aunque enamoradizo por tradición, mejora a los sacristanes del teatro, incluso al de *La cueva de Salamanca*. Por exigencias de la dialéctica teatral que reclama contrastes abultados, se envanece de sus ingresos tangibles, de poder comer como un príncipe. El realista frente al soñador, al uso de Don Quijote y Sancho Panza. Lo que le da una inolvidable fuerza cómica es su modo de explotar los funerales: se envanece de que no tiene igual para adornar "tumbas" —arcas que se colocaban en las exequias de la iglesia por bajo del ataúd—, corteja a su fregona doblando a entierro, en una palabra, vive de la muerte.

La tenue intriga está cuidadosamente ambientada por un desfile de tipos callejeros que vienen a llamar a la puerta de la fregona y son amedrentados por el Soldado. El más gracioso de los cuatro es el zapatero Juan Juncos, admirador de los versos de Lope de Vega y de la glosa del Soldado. En cambio la fregona,

---

[24] Lope de Rueda, *Obras*, ed. de Cotarelo, t. 1.º, Madrid, 1908, p. 28. La grandeza de los galeones portugueses era proverbial. Cuando la flota en que hacia 1570 va a las Indias Eugenio de Salazar (*Cartas*, Bibliófilos españoles, Madrid, 1966, p. 78) avista un gran navío, dicen los marinos: "Paresce el Cagafogo de Portugal". Sobre el tamaño monstruoso de las naos de Portugal, véase C. R. Boxer, *The Portuguese seaborne Empire* (London, 1969), pp. 208-209.

más arrimada a lo popular y a la moda reciente que
estaba destronando al romance, es aficionada a la
seguidilla. Esta atmósfera costumbrista, estos tipos "ob-
servados con precisión casi naturalista" hacen del entremés "la resurrección de un cuarto de hora de la
vida de España vista por el lado empequeñecedor del
anteojo", como dice Márquez Villanueva rememorando
a Azorín.[25]

El rufián viudo descuella entre los demás entremeses
cervantinos por su literaridad, es decir por su satura-
ción de parodias y citas de poemas y géneros en boga.
Es —si usamos un vocablo favorecido por un epígono
del formalismo ruso Mijail M. Bajtin— una pieza *po-
lifónica,* una especie de diálogo con diferentes obras
poéticas del tiempo. No sé si vale la pena, para situar
este juguete, de revolver el *corpus* de literatura pasajera en cuyo contexto se inscribe. Notemos para em-
pezar que está compuesto en endecasílabos sueltos, igual
que la tragedia senequista y algunas poesías de motivos pastoriles: notemos la abundancia de finales esdrújulos seguramente intencionales.[26] Pero el diálogo
no se limita a estas áreas ya cultivadas por Cervantes
en la *Numancia* y la *Galatea,* sino que abarca la poesía
del hampa, en especial las dos jácaras de Quevedo sobre
Escarramán. Estas jácaras, compuestas hacia 1610, go-
zaron de una prodigiosa popularidad, fueron bailadas
en los tablados y las plazas, logrando la primera la
suprema distinción de ser vuelta a lo divino e invadir
las iglesias: Cristo habló con palabras de Escarramán,
el racimo de patíbulo.

---

[25] F. Márquez Villanueva, "Tradición y actualidad literaria en
La guarda cuidadosa", *Hispanic Review*, t. 33, 1969, pp. 152-156.
[26] Aunque los endecasílabos esdrújulos, tan usados en Italia, no
falten en poemas pastoriles, fue B. Cairasco de Figueroa quien, en
sus prolijos poemas de santos, los empleó como sustituto de la rima.
Lope ridiculizó este uso hablando de "las musas de Cayrasco / que
esdrujular el mundo / amenazaron con rigor profundo". Cfr. *Laurel
de Apolo,* II, 27. (Lo tomo de Lope de Vega, *La Dorotea,* ed. de
E. Morby, Madrid, 1958, p. 338, nota 166.)

Documentemos estas afirmaciones. A égloga rústica suena el comparar a Pericona con "un peruétano o mançana", con un "ginjo verde" o con un "tiesto de albahaca o clavellinas". A Garcilaso y su escuela apuntan versos alabándola como "un muro de la yedra de mis faltas / un árbol de la sombra de mis ansias". El coturno trágico evocan, a pesar del quiebro ridículo, abundantes particularidades: el énfasis solemne, la comparación de la difunta con griegas y romanas, y hasta con una roca en medio de las olas, igual que el sabio estoico en Séneca y Quevedo; las alusiones a mitos y personajes antiguos, como Zoilo, Polifemo y Catón; los adjetivos acuñados al modo latinizante, por ejemplo *nocturnina, bayetuna, potosisca*; y por último la estructura coral de aquella escena en que rufianes y daifas, quitándose los versos de la boca, revelan a Escarramán la dimensión de su gloria con versos endecasílabos que transforman en salmodia solemne los ligeros octosílabos del romance "Lleve el diablo al potro rucio". Parte de las alusiones han perdido para nosotros toda vitalidad, pues ignoramos qué poetas están parodiando repetidas citas implícitas y alguna explícita, por ejemplo: "Ayer fui Pericona, hoy tierra fría / como dixo un poeta celebérrimo".

La carta del jaque "Ya está guardado en la trena / tu querido Escarramán" ha sido parodiada en el comienzo del baile final y sobre todo ha dado origen a la apoteosis del héroe del hampa sevillana. La respuesta de la Méndez, además de otros ecos, ha suscitado aquel panegírico de Pericona, el cual, siguiendo la averiguada técnica de pintar vicios como virtudes, es puesta en las nubes por haber resistido sin convertirse los sermones de arrepentidas que las mujeres de la mancebía debían oír cada cuaresma. He cotejado los dos pasajes pertinentes en otra parte. [27] Una atenta comparación

<hr />

[27] *Itinerario del entremés...*, pp. 104-105. La relación, lo noto ahora, ya había sido establecida por Joaquín Hazañas, *Los rufianes de Cervantes*, pp. 32-33. Al pasaje de Ortiz de Zúñiga alegado por Hazañas, y a la escena de Lope en *Juan de Dios y Antón Martín*,

del modelo de Quevedo con la réplica de Cervantes nos descubre claros contrastes del modo epigramático, discontinuo, atento a la sorpresa y el pormenor ingenioso de don Francisco con los movimientos amplios, con los ritmos sostenidos, con la tendencia ennoblecedora, aun dentro de la ironía, del autor de *El rufián viudo*.

Este entremés comprende tres cuadros: visita de pésame y elogio de la difunta; elección de una sucesora entre las tres candidatas; aparición de Escarramán, ya convertido en mito. Parece como si Cervantes tras pintar la vida del hampa, sus oropeles de mentira y su miseria de verdad, hubiese querido, en el cuadro final, salvar para el arte a los jaques y sus ninfas como materia de baile y poesía.

Las escenas del planto y pésame, en un constante altibajo, están pensadas como un contraste de apariencia y realidad. La belleza de Pericona y el dolor de Trampagos son monedas falsas que no resisten examen. Las rectificaciones de Trampagos, las zumbas de Vademecum, la tentación de la esgrima derrumban la fachada que encubre la sórdida verdad. La contienda de las tres aspirantes nos transporta a un plano más veraz y auténtico, a un lenguaje imaginativo y popular salpicado de improperios, contrastando el revuelo de las hembras con la mesura de los rufianes. Apaciguada la gresca, todo terminaría en el banquete de boda corriente y moliente, si Cervantes no hubiese tenido la inspiración de incluir en el cuadro del hampa sevillana a su héroe más glorioso, el de la jácara, que vuelve de Berbería aureolado por sus hazañas de galeote. Escarramán de carne y hueso se enfrenta con su imagen literaria, entra en la órbita de la poesía danzando su

---

aducida por S. G. Morley, "Notas a los entremeses de Cervantes", p. 489, puedo añadir Francisco Pacheco, *Libro de los retratos*, vida de Fray Luis de Rebolledo, donde ponderando las conversiones de pecadores que logró, escribe: "Un día de la conversión de la Magdalena en su convento de San Francisco, asistiendo las mugeres públicas con el mayor auditorio i concurso que se ha visto, le dio Dios tal eficacia que convirtió 27 dellas".

propia jácara. Estamos en el mundo de Cervantes, en el mundo de Don Quijote encarándose con la historia de sus aventuras. Escarramán posee otro rasgo que, si hemos de creer a don Miguel de Unamuno, sería el fondo mismo del quijotismo: el erostratismo. También él quema su vida para legar su nombre a la posteridad, también podría gritar: "¡Muera yo! ¡Viva mi fama!". Quien desee ahondar esta materia, hará bien en leer un bello artículo de Dámaso Alonso comentando una carta de Unamuno. [28]

ENTREMÉS REVISTA DE PERSONAJES

El primitivo entremés está poblado de personajes esquemáticos, simplificados, resortes necesarios de la acción. Entre ellos destacan algunos tipos cómicos fijos que el público reconoce y aplaude por sí mismos, fuera de su función en la anécdota. Era inevitable que el retrato por el retrato fuese devorando la acción, y emergiese una clase de entremeses consistentes en el desfile de entes cómicos, en la reseña de figuras más o menos caricaturales. Quedaba el problema de integrarlos y acoplarlos. Para ello se idearon situaciones que servían de marco y motivaban la junta: examen de pretendientes, proceso judicial de culpables de algún pecado o ridículo, revisión médica de los tocados por una dolencia o manía, etc. También se creó el entremés panorámico, en que un paraje, una fiesta, un mercado o cosa semejante congrega numerosos tipos pintorescos descritos con más naturalismo que fantasía. Estos entremeses sin acción se inician después de 1600, prosperan con Antonio Hurtado de Mendoza y culminan en tiempo de Felipe IV.

---

[28] Dámaso Alonso, "Dos cartas inéditas de Unamuno", separata de *Spanish Thought and Letters in the twentieth Century* (simposio editado por Germán Bleiberg y E. Inman Fox), Nashville, 1966, pp. 4-5.

Cervantes compuso dos piezas que podemos incluir en este apartado: *La elección de los alcaldes de Daganço,* centrado en un examen de pretendientes, y *El juez de los divorcios,* galería de malcasados y malcasadas. Son entremeses que carecen de protagonista y de desenlace argumental, mero hilván de episodios en que una procesión de personajes, unificados por una situación común, plantean al autor el espinoso problema de caracterizarlos y diversificarlos instantáneamente mediante reacciones contrastantes.

La elección de los alcaldes, aunque endeble, encierra dentro gérmenes de tipos y motivos que madurarían bajo la pluma de Quiñones de Benavente y otros. Un hallazgo reciente de Noël Salomon [29] nos ha revelado el fondo social y ayudado a comprender ciertos temas y alusiones. Jarrete, uno de los pretendientes, oyendo cantar a los gitanos los encomios de los regidores, exclama: "Todo lo que se canta toca historia". Salomon ha encontrado en Castillo de Bovadilla, *Política para corregidores y señores de vasallos* (la *princeps* se imprime en Madrid, 1597) pedazos de esa historia. Un fragmento: "Los señores de vasallos no pueden quitar a los Alcaldes ordinarios que eligen y confirman por presentación y nómina de los concejos, ni pueden impedirles ni estorvarles su jurisdicción sin causa legítima, ni aun dexar de confirmar los oficiales que el concejo les señala y presenta, si no fuese por notorio defecto de incapacidad... y assí se practicó en el concejo por el conde de Coruña y contra la su villa de Daganzo". Otro fragmento: "La chancillería de Valladolid condenó al conde de Coruña, el año passado de ochenta y nueve en vista, y este de noventa y dos en revista, a que no pudiese poner Alcalde mayor en la su villa de Daganzo... Han sido (a lo que entiendo) las primeras sentencias que sobre esto se han dado contra señores

<hr>

[29] Noël Salomon, *Recherches sur le thème paysan...*, pp. 118-121, sitúa la invención de Cervantes en el marco de los "milieux aristocratiques et urbains", que se mofaban de las pretensiones villanas a la limpieza de sangre, como si fuese una ejecutoria.

de vasallos". Estamos, pues, ante un pleito memorable
que mucho después se recordaría. Con el debido respeto
a tan excelente conocedor de la historia y del teatro de
la época, como Noël Salomon, no parece imponerse
la conclusión de que el entremés y el proceso fuesen
estrictamente contemporáneos o separados por cortí-
simo plazo, debiéndose fijar su composición entre 1590-
1598. Preferiría retrasar la redacción o refundición por
dos motivos: que no conservamos ningún entremés versificado en endecasílabos sueltos fechable con seguridad
antes de 1610, y que la estilización literaria y la ideali-
zación de Pedro Rana postulan, más que inmediatez,
distancia del suceso. Con todo, ciertas torpezas de construcción podrían hacernos pensar que se trata de una
pieza temprana, acaso rehecha más tarde. Pues torpeza
parece el que los pretendientes a la vara de alcalde sean
revistados dos veces: la primera en la descripción des-
piadadamente burlesca que de ellos hace Algarrobo; la
segunda en sendos diálogos con el tribunal ante el que
se envanecen de sus extrañas calificaciones. Todos adu-
cen como argumento definitivo para remachar su capa-
cidad el ser cristianos viejos, menos Rana que, siéndolo
también, se limita a exponer su concepción de una
justicia no aprendida en los libros, sino en !as exigencias de la bondad natural que obliga a enjuiciar al reo
con miramientos y humanidad. Torpeza, acaso indecisión, implica el añadir, tras un fin de fiesta plena-
mente satisfactorio como son los cantos y bailes de
los gitanos, un final más violento y primitivo, como el
manteamiento del entrometido sacristán. Y por último
hay cierta desarmonía entre las primeras escenas, donde
campea una visión grotesca de los villanos, y las finales
—como los dos parlamentos de Pedro Rana y las can-
ciones de los gitanos— donde triunfa un tono casi
idílico y exaltador.

A la luz del pleito y victoria de los villanos sobre
su señor feudal cobran sentido pasajes antes oscuros:

Y mírese qué alcaldes nombraremos
para el año que viene, que sean tales
que no los pueda calumniar Toledo,
sino que los confirme y dé por buenos.

El entremés se asemeja a una *olla podrida,* mezcla de
tópicos y abreviatura de la aldea convencional. Algunos
ingredientes, como los santos burlescos, pertenecen a
una antigua tradición. Otros, por ejemplo el alcalde
destripador de vocablos cultos zumbonamente enmendado por su colega, las alusiones a la limpieza de sangre y los motejos de *escribafariseo* anticipan las con-
tiendas de alcalde y los chistes antijudíos de Quiñones
de Benavente (en la serie *Los alcaldes encontrados*) y
sus imitadores.

El juez de los divorcios, sarta de episodios sin acción,
protagonista o desenlace propiamente dicho, se concen-
tra sobre la caracterización de los siete litigantes. Tres
parejas y media —el ganapán comparece solo, sin su
esposa— pleitean ante un magistrado con poderes para
resolver los casos de divorcio. Magistratura puramente
imaginaria y casi muda ante la que desfilan diversas
especies de malcasados. Tres parejas, cuya sucesión está
regulada por un ritmo bien planeado de paroxismo y
sosiego, de pasión desatada y razonamiento, entablan sus
pleitos matrimoniales. La discusión, en los dos primeros
casos, es abierta por las esposas respectivas mientras
los maridos permanecen pasivos y solo a regañadientes
acceden a defenderse. Mariana, la esposa del Vejete,
se encrespa en oleadas de improperios y lamentos, ges-
ticula dramáticamente, con una elocuencia patética y
feroz. En cambio Guiomar, la esposa del Soldado pobre
y poeta mantiene su alegato dentro de los cauces de
un sereno razonar. Cervantes detiene la agitación del
diálogo para poner en boca de Guiomar una descripción
de costumbres que podría llamarse "Día y noche del
soldado". Éste, a su vez, en un parlamento que enca-
jaría mejor en una novela, absorto en un trance ima-

ginativo, traza una pintura graciosa y detallista del comisario —que él no fue y pudo ser— saliendo por la Puente Toledana camino de la provincia en su mula de alquiler. Al tempo demorado, reflexivo, de esos dos malcasados sucede el torbellino verbal del Cirujano y Aldonza, uno con cuatro, otra con cuatrocientas razones de separación: las palabras son mero ímpetu, sirven al desenfreno del odio arrebatado que desborda en variaciones sin cuento. El último pleiteante, el ganapán casado con una placera, con su cachazudo discurso, remata jocosamente la galería de tipos.

La identidad de la situación —malcasados que quieren sacudir el yugo matrimonial— hace resaltar más la diversidad de temperamentos, los humores contrastantes de los personajes frente a un problema insoluble de convivencia. Pero Cervantes, muy diferente de una pieza moderna que los dejaría encerrados en su infierno, deja entrever un resquicio de esperanza. Llegan cantando unos músicos que vienen a invitar al juez a una fiesta dada por dos malcasados a quien el juez ha conseguido reconciliar. Y cierra el entremés una canción que glosa el viejo proverbio terenciano de que "riñas de amantes son la resurrección del amor".

Con esta pieza madura y bien meditada Cervantes pone la proa hacia un nuevo tipo de entremés que abandonando los personajes tópicos —el rufián, el bobo, el fanfarrón— procura retratar con moderno colorido formas variantes de una locura u obsesión. La caracterización, en los casos del Soldado y Guiomar sobre todo, no se limita a lo tópico, aspira a individualizar.

OJEADA FINAL

El entremés constituye un género teatral intrascendente, juguete de un cuarto de hora, y no admite altas ambiciones estéticas, ni psicología compleja, ni interpretación didáctica de la sociedad. Dentro de sus

modestos dominios, ningún cultivador lo ha ennoblecido
tanto como Cervantes, a no ser Quiñones de Benavente
que vendría tras él. No le exijamos que convierta el
tablado en púlpito, ni le pidamos siquiera que enuncie
teorías positivas acerca de los problemas palpitantes de
su tiempo o las cuestiones eternas: justicia, verdad,
amor. Cervantes ha hecho sus paces con el barro humano y se divierte con el espectáculo de sus miserias.
Hablando con rigor, su tema predilecto es el tema central de su siglo, el paso del engaño al desengaño. Pero
el camino del desengaño pasa por la sonrisa, pues a
sonrisa provocan las locuras humanas. Un cierto grado
de locura no solo constituye un espectáculo divertido,
sino que pertenece a las raíces del hombre. El entremés
las pone al descubierto, ya haciendo comparecer al reo
frente a tribunales imaginarios, ya haciéndole víctima
de burlas no siempre piadosas. Y así desenmascara las
mal disimuladas flaquezas: la insinceridad que trata
de engañarse a sí misma —tal la obsesión de la limpieza de sangre— la bellaquería triunfando sobre la
necedad, la sensualidad vestida de hipócrita inocencia.
Todo final feliz —el del Sacristán en *La guarda cuidadosa,* el de Trampagos en *El rufián viudo*— tiene un
regusto irónico, pues el personaje, antes de ser premia-
do, ha de ser sometido a la óptica burlesca. Y ciertos
tipos se mueven en un universo sustraído momentá-
neamente a la condena o aprobación moral, no porque
el autor canonice sus bellaquerías, sino que para poder
reir con ellos, usamos una superficial identificación con
sus proyectos e intenciones. Me pregunto en qué grado
el ejemplo de Cervantes ha contribuido a implantar entre las tradiciones del género entremés esa visión sim-
pática y tolerante de la fragilidad humana, esa licencia
imaginativa que vuela un rato por cima de las convenciones sociales y de las mismas normas éticas.

Aunque a veces la serenidad ostensible de Cervantes
parece esconder bajo el remanso aparente remolinos de
crítica, sales intencionadas e hirientes frente a la manía

de la limpieza, o las corruptelas de la justicia, por ejemplo. Sin forzar la nota, barruntamos ráfagas de hostilidad hacia algunas usanzas e instituciones. ¿Estaremos tomando en serio las bromas?

¿En qué categoría encasillaremos los entes cómicos que pueblan sus piezas?

La materia cómica puede brotar de diferentes manantiales: la realidad circundante, el relato moldeado por la transmisión oral, el repertorio literario, la invención del autor. Para metamorfosearse en teatro ha de ser proyectada sobre la escena por personajes dialogando. ¿Cual debe ser la condición de estos entes escénicos? Al entrar en crisis la noción de estabilidad psicológica, la crítica estructuralista propende a definirlos como simples participantes de la acción. Esta postura mal puede ser válida para un escritor como Cervantes cuyos conceptos sobre el alma eran diametralmente opuestos. La crítica de ayer, casi por unanimidad, atribuia a Cervantes una virtud mágica para crear *caracteres* inolvidables. Pero el significado de esta palabra suele englobar dos nociones equívocas: la de individualidad que hace, por decirlo así, competencia al registro civil, y la de encarnación de una calidad, vicio o aspecto humano general y típico. El *carácter* propiamente dicho, el individual, ha de poseer cierta consistencia y complejidad que se revelarán por medio de la acción. Está claro que en el ámbito del entremés únicamente cabe un tímido principio de personalidad sin facetas ni matices. En cambio está como en su casa el *tipo* diversificado por una pasión, una actitud, un defecto que él no suele percibir y sirve de centro a su imagen. A veces pertenece al arsenal hereditario y ha sido plasmado por Lope de Rueda, la novela celestinesca o el teatro italiano. La forma, al pasar a manos de Cervantes, se convierte en materia de una nueva creación, que transforma los *monstruos* y portentos viejos. El *tipo* adocenado o desgastado, manteniendo algunos rasgos que el público reconoce y ama, es emplazado en una atmósfera e

historia contemporánea: tal ocurre con el *soldado* de
La guarda cuidadosa con su canuto preñado de certificaciones, su ropilla acuchillada y sus quimeras de pretendiente en corte. Otras veces la matización típica engloba
un grupo de personajes, como el coro rústico apenas
diferenciado por los nombres grotescos que forman los
alcaldes y sus parientes en *El retablo de las maravillas.*
Esta tipología simplificada ofrece excelentes oportuni-
dades al entremesista, porque el entremés exige momentos de extravagancia, peripecias inesperadas y libertad
de movimientos. Cervantes necesita junto a los personajes cristalizados otros flexibles que el capricho y la
fantasía puedan descoyuntar y sacar de sus aparentes
límites. Poco le importa sacrificar la estabilidad aní-
mica en aras de la movilidad y el incidente inesperado.
Podríamos ejemplificar esa técnica de la sorpresa con
las dos adúlteras: Leonora, la de *La cueva,* que nos
asombra con sus bruscos saltos del arrumaco al impro-
perio, de la gazmoñería al descoco; y Lorenza, la de
El viejo celoso que, tras cometer la falta, nos asombra
con sus lamentos y protestas de inocencia. Donde va-
rios personajes están a pique de pasar a personas, a
caracteres, es en *El juez de los divorcios.*

No poseemos, que yo sepa, ninguna monografía acerca de la lengua y el diálogo en los entremeses cervantinos. Un problema ineludible, aunque imposible de
resolver satisfactoriamente, sería la relación de los diálogos que sostienen sus criaturas con el habla real y
viva de la calle y el campo, del hampa y los cortesanos.
Si juzgamos por la literatura, las cartas, o los sermones
de la época, las gentes humildes o encumbradas usaban
un lenguaje más desbordado, más obediente a las emociones que el nuestro. No estaban lejos los días en que
la comadre del Arcipreste de Talavera plañía la pérdida
de una gallina con mayor énfasis y movimiento rítmico
que una mujer de nuestros días llora una desventura
familiar. El lenguaje era naturalmente teatral. Suponemos que Cervantes observaba y remedaba el brío en

la invectiva, la energía patética que desplegaban las hembras en las riñas del mercado y las grescas del hogar. Pero no estaba en los gustos del tiempo el naturalismo, la imitación cruda de la cháchara vulgar, con sus descuidos y prolijidades. Cervantes revive en su recuerdo lo observado, lo alza al nivel literario, procurando sacar de la situación un crecido rendimiento de comicidad o de elegancia. A veces parece como si la obsesión del ritmo le arrastrase a artificios netamente laboriosos. Por ejemplo Cristina, la ninfa sevillana de *El vizcaíno fingido,* emplea repetidas veces el triple paralelismo de miembros: "Desta vez me ahorco, desta vez me desepero, desta vez me chupan brujas". Claro que podía justificarse apuntando los consejos de las retóricas y los ejemplos de la *Celestina.*

No sería oportuno inventariar aquí las diversas modalidades y estrategias del diálogo. Me contentaré con anotar las más visibles y elementales:

1. Interrogatorio en forma de catecismo o texto infantil en que uno pregunta y otro responde. Ésta, la más rudimentaria de todas las formas, tiene extraña eficacia, como lo prueba su uso ininterrumpido por los payasos de circo. El Soldado de *La guarda* la emplea con los buhoneros y postulantes que acuden a la puerta de la fregona.

2. Torneo verbal, a modo de ataque y respuesta de esgrima, o juego de insultos y contrainsultos simétricos. Buena parte del debate entre Soldado y Sacristán adopta esta conformación, v. g. "—Pues ven acá, sotasacristán de Satanás. —Pues voy allá, caballo de Ginebra". Este intercambio de improperios paralelos, cercano al juego de pullas, ha tenido un fantástico desarrollo en otras literaturas, y ha sido muy favorecido en el entremés versificado.

3. Alegatos sucesivos de pleiteantes, en los que de vez en cuando interviene brevemente un juez o árbitro.

No quiero seguir adelante con otras numerosas variedades de diálogo. Observemos que estas primeras parecen estar ligadas a ritos y juegos de escarnio, usanzas eclesiásticas y judiciales. Algunas se diría que estilizan antiguos modos de lucha.

No faltan quienes, otorgando a Cervantes la genialidad del novelista, niegan el valor dramático de los entremeses. William S. Jack, por ejemplo, al historiar el género desde su cuna hasta Cervantes, afirma rotundamente que fue "excelente escritor, pero mediano dramaturgo",[30] que sus entremeses, escritos con primor, carecen de calidades teatrales. Una demostración sería el que nunca subieron en su tiempo a los tablados, ni pasaron la prueba de la representación. El argumento es de validez dudosa. La ausencia de noticias poco o nada demuestra, pues solo excepcionalmente se consignaba en los contratos o en las relaciones el título de los entremeses que acompañaban a la comedia en tres actos. Lo seguro es que los mejores entremesistas del tiempo de Felipe IV leyeron apasionadamente el teatro chico de Cervantes, y saquearon sin escrúpulo sus personajes, situaciones, ocurrencias festivas y gracias verbales. Creo que, si Cervantes no dejó escuela, influyó hondamente en la tonalidad irónica, en la amalgama de realismo e imaginación que caracteriza a Quiñones de Benavente y otros autores de su tiempo.

Si el precio de una obra se ha de estimar con la piedra de toque del futuro, ningún entremesista español ha logrado traspasar los umbrales de nuestra época tanto como Cervantes. Mientras las piezas de Quiñones, el más renombrado cultivador del género, alejadas del contorno y acompañamiento de ecos lingüísticos y alusiones a la actualidad, son pasto de especialistas, las de Cervantes mantienen una vitalidad perenne y resisten el ataque del tiempo. No pretendo enumerar aquí la copiosa lista de directores teatrales y grandes comediógrafos que con sus traducciones o escenificaciones

---

[30] William S. Jack, *The Early entremés in Spain*, Philadelphia, 1923, pp. 124-126. Escribe acerca de estas piezas: "They belong in some measure to the dialogued story".

han conseguido darles una segunda vida. Contentémonos con citar los nombres de A. N. Ostrovsky —el mejor dramaturgo ruso entre Gogol y Chejov que a fines del XIX tradujo los entremeses y los incorporó al repertorio de su país— y de Bertolt Brecht, el más discutido autor y director del segundo cuarto de nuestro siglo. [31] Como el caso de Brecht es mal conocido, me veo forzado a puntualizar.

Muensterer, amigo y confidente de Brecht en sus principios, nos ha revelado la huella de Cervantes en los "Einakter" o piezas en un acto que Brecht componía en 1919 y han sido publicadas más tarde. Los críticos acostumbran a comparar estas piezas con las de Karl Valentin, las de Courteline, y aun con las posteriores de Ionesco. Dice Muensterer: "Brecht personalmente —ya lo he mencionado antes— consideraba como dechado suyo en primer lugar los "robustos" entremeses de Cervantes". [32] A la luz de esta afirmación recorremos el tomo de los *Einakter* y hallamos patente la huella de Cervantes en el primero y acaso el mejor del tomo: *Die Kleinbuergerhochzeit* o *Boda pequeñoburguesa*. [33] Esta pieza de Brecht presenta flagrantes afinidades con *El rufián viudo,* afinidades veladas que el hilo de Ariadna de Muensterer nos ayuda a descubrir. El movimiento pendular de la pieza cervantina donde la glorificación de la difunta Pericona va seguida de la paulatina revelación de sus miserias físicas y morales, corresponde al progresivo descubrimiento de que la boda pequeño burguesa, lejos de ser la solemne culminación de un sentimiento tierno y apasionado, esconde tras su fachada sentimental un mundo

---

31 Robert Marrast, *Cervantes* (Les grands dramaturges), Paris, 1957, pp. 141-151, da noticias sobre las adaptaciones y representaciones de los entremeses cervantinos en España, Francia y otros países.

32 Hans O. Muenterer, *Brecht. Erinnerungen aus den Jahren 1917-1922,* Zürich, 1963, p. 140: "Brecht selbst hat, wie bereits erwaehnt, damals in erster Linie die *handfesten* Zwischenspiele des Cervantes als Vorbilder empfunden". Véase también p. 52.

33 Bertolt Brecht, Stuecke XIII. *Einakter,* Frankfurt, 1966. *Die Kleinbuergerhochzeit* ocupa las pp. 5-56.

sórdido de simulaciones. La semilla cervantina fructifica en desarrollos inauditos. La obsesión de Trampagos por platicar y practicar la esgrima, contrariada por sus amigos en momento tan inoportuno como las visitas de pésame, provoca la ocurrencia correlativa de Brecht que presenta al padre de la novia siempre contando historietas chocarreras y siempre interrumpido por su familia. La pasajera alusión a la falta de sillas y rotura de posibles asientos en casa de Trampagos, sugiere a Brecht el recurso cómico —y a la par simbólico— de que los muebles, fabricados por mano del novio, se vayan desmoronando y rompiendo uno a uno. Igualmente los convidados pasan de la aparente armonía inicial a las riñas e improperios. Basta con estas concomitancias a las que podríamos añadir pocas más.

La presentación escénica de los entremeses, ahora que el zumbido de vida que los envolvía a modo de atmósfera se ha callado, ofrece escollos peligrosos ¿Estilizarlos al modo de la comedia *dell'arte*? ¿Interpretarlos como cuadros veristas? Ignoro cómo resolvieron este problema los grandes directores rusos como Evreinov y Meierhold. Federico García Lorca, cuando dirigía el grupo universitario La Barraca, llevó dos de ellos al tablado. "El 6 de julio de 1932 comenzaron los ensayos en la Residencia de Señoritas, y la primera actuación tuvo lugar el mismo mes en la plaza de Burgo de Osma, representándose dos entremeses de Cervantes, *La guarda cuidadosa* y *La cueva de Salamanca*." [34] Francisco Nieva ha dado interesantes pormenores acerca de la concepción del espectáculo. Lorca, atenuando el aspecto satírico-realista, daba la sensación de un torbellino de bastones y trapos, de una farsa popular de sal gorda. En vez de remedar el estilo de los títeres —que a primera vista parece más adecuado— daba a la representación un ambiente sugerido por la imagi-

---

[34] José Luis Cano, *García Lorca. Biografía ilustrada*, Barcelona, 1962, p. 94.

nería y los juguetes populares. [35] No sé si se impone esta solución. Signo de la poderosa vitalidad de los entremeses es la posibilidad de someterlos a múltiples interpretaciones.

EUGENIO ASENSIO

[35] Francisco Nieva, "García Lorca metteur en scène: les intermèdes de Cervantes", en el vol. colectivo *La mise en scène des œuvres du passé*, Paris, C. N. S. R., 1957, pp. 81-90.

NOTICIA BIBLIOGRÁFICA

Ediciones de textos. Ediciones comentadas.

Ediciones de 1615. Las tres variantes

1. Ocho/ Comedias, y ocho /Entremeses nvevos, / Nunca representados./ Compuestas por Migvel / de Ceruantes Saauedra./ Dirigidas a Don Pedro Fer / nandez de Castro, Conde de Lemos, de Andrade, / y de Villalua, Marques de Sarria, Gentilhombre/ de la Camara de su Magestad./ Los títvlos destas ocho comedias,/ y sus entremeses van en la quarta hoja./ Año 1615./ Con Privilegio./ En Madrid, Por la viuda de Alonso Martin./ A costa de Iuan de Villarroel, mercader de libros, vendese en su casa / a la plaçuela del Angel. 4 ff. s.n. + 257 ff. (en realidad 259: se repiten los ff. 239, 240). Facsímil de la R. A. E., Madrid, 1923.

   Se considera esta como edición *princeps*. Pero hay dos variantes fechadas el mismo año.

1b. (Variante Bonsoms). El texto reproduce a plana y renglón la *princeps*. Se diferencia en la portada y preliminares, los cuales tienen, en vez de 4 ff., solamente dos: falta el prólogo de Cervantes y la dedicatoria al Conde de Lemos. Rius, *Bibliografía,* I, 1098, escribe: "La falta de estas dos importantes piezas haría sospechar que esta impresión es furtiva, si no lo contradijera la exactitud del texto y de la composición tipográfica, así como el esmero de la estampación". Bonsoms donó su ejemplar a la Biblioteca de Cataluña, hoy Central. Cfr.

Joàn Givanel i Mas, *Catálec de la Col·lecció cervàntica... Bonsoms,* Barcelona, 1916, vol. I, n.º 24. *

1c. (Variante Soriano). Es propiedad del Sr. Soriano, Librairie Espagnole, 72 rue de Seine, París. El dueño me facilitó amablemente las fotos que aquí reproduzco. No tan sólo la ortografía sino la tipografía es diferente, acaso más moderna, y con más erratas. El texto acaba al final del *Vizcaíno fingido,* en el f. 245v. La portada parece más moderna, del XVIII.

Ediciones modernas preferibles.

1. Rodolfo Schevill y Adolfo Bonilla. *Obras completas* de M. de C. S. *Comedias y entremeses,* 6 tomos, Madrid, 1915-1922. Los entremeses en el t. IV, con notas abreviadas de la edición de *Bonilla,* 1916, y escasas adiciones. La Introducción, paradójicamente, va en el tomo VI, pp.149-159.

2. Francisco Yndurain, *Obras dramáticas* de M. de C. S. Estudio preliminar excelente, que abarca las pp. VI-LXXVII, y texto cuidado (es el tomo CLVI de la *BAE,* nueva serie, impreso en Madrid, 1962).

Ediciones comentadas.

1. Adolfo Bonilla y San Martín, *Entremeses* de M. de C. S., anotados, Madrid, 1916. Las anotaciones, pp. 181-244, son la base de las posteriores.

2. Miguel Herrero García, *Entremeses* de M. de C. S. Edición y notas, Madrid, 1947. Tomo 125 de *Clásicos castellanos.* Intuiciones certeras basadas en amplias lecturas, pero corta base de comprobaciones textuales.

3. Agustín del Campo, *Entremeses* de M. de C. S. Edición, prólogo y notas, Madrid, 1948. Buena anotación.

4. M.ª Pilar Palomo, *Los entremeses* de M. de C., Avila, 1967.

5. Juan Alcina Franch, *Entremeses* de M. de C. Prólogo y notas, Barcelona, 1968.

BIBLIOGRAFÍA SELECTA

1. Agostini /Bonelli/ de del Río, Amelia. *El teatro cómico de Cervantes,* Madrid, 1965. Descripción documentada y sistemática, con rica bibliografía.
2. Arco, Ricardo del. "Cervantes y la farándula", *BRAE,* t. 31, 1951, pp. 311-330. Hilván de pasajes cervantinos acerca del teatro.
3. Asensio, Eugenio. *Itinerario del entremés desde Lope de Rueda a Quiñones de Benavente,* Madrid, 1965.
4. Astrana Marín, Luis. *Vida ejemplar y heróica de Miguel de Cervantes Saavedra,* 7 tomos, Madrid, 1948-1958 (De los entremeses se ocupa en t. VI, pp. 244-258, 302-305, 475-478; t. VII, pp. 225-235). Las fechaciones conjeturales adolecen de caprichosas.
5. Balbín Lucas, Rafael de. "La construcción temática de los entremeses de Cervantes", *RFE,* t. 32, 1948, pp. 415-428.
6. Baquero Goyanes, Mariano. "El entremés y la novela picaresca", *EMP,* t. VI, Madrid, 1956, pp. 215-246.
7. Buchanan, M. A. "The Works of Cervantes and their Dates of Composition". (Separata de Transactions of the Royal Society of Canada, Section II, vol. 32) 1938.
8. Cavaleri Pazos, J. de. *Ocho entremeses de M. de C. S.* Tercera impresión, 2 tomos, Cádiz, 1816. El tomo 1.º de 122 pp. está enteramente dedicado a un "Rasguño de análisis" en que pululan juicios curiosos.
9. Casalduero, Joaquín. *Sentido y forma del teatro de Cervantes,* Madrid, 1951.
10. Cirot, Georges. "Gloses sur les *maris jaloux* de Cervantes", *BHi,* t. 31, 1929, pp. 1-74.
11. Cotarelo y Mori, Emilio. *Colección de entremeses... del siglo XVI a mediados del XVIII,* 2 vols., Madrid, 1911. El primero contiene una historia muy erudita del género: además los entremeses auténticos y atribuidos.
12. Cotarelo y Valledor, Armando. *El teatro de Cervantes,* Madrid, 1915. Muy útil como minero de datos.
13. García Blanco, Manuel. *La cueva de Salamanca* (en *Seis estudios salmantinos,* pp. 71-104), Salamanca, 1961.

52

14. Hazañas y la Rúa, Joaquín. *Los rufianes de Cervantes* "El rufián dichoso" y "El rufián viudo" con un estudio preliminar y notas, Sevilla, 1906.
15. Heidenreaich, Helmut. *Figuren und Komik in den spanischen Entremeses des goldenen Zeitalters,* Muenchen, 1962 (Disertación doctoral).
16. Jack, William S. *The Early Entremés in Spain,* Philadelphia, 1923.
17. Lázaro Carreter, Fernando. "Notas sobre el texto de dos entremeses cervantinos", en *Anales cervantinos,* t. 3, 1953, pp. 340-348.
18. Marrast, Robert. *Miguel de Cervantes dramaturge,* París, 1957.
19. Morley, S. Griswold, "Notas sobre los entremeses de Cervantes", *EMP,* t. 2, 1951, pp. 483-496.
20. Rennert, Hugo A. *The Spanish Stage,* New York, 1909.
21. Salomon, Noël. *Recherches sur le thème paysan dans la 'comedia' de Lope de Vega,* Bordeaux, 1965.
22. Shergold, N. D. *A History of the Spanish Stage,* Oxford, 1967.
23. Varey, J. E. *Historia de los títeres en España,* Madrid, 1957.

BIBLIOGRAFÍA AMPLIADA PARA LA SEGUNDA EDICIÓN

Avalle-Arce, Juan Bautista y E. C. Riley. *Suma Cervantina,* Tamesis Books, 1973. El estudio de los entremeses en pp. 171-197.
Canavaggio, Jean. *Cervantès dramaturge. Un théâtre à naître,* P.U.F., Paris, 1977. Libro fundamental: sitúa los entremeses en la obra de Cervantes.
———. "Brecht, lector de los entremeses cervantinos. La huella de Cervantes en los *Einakter*". En curso de publicación en las *Actas de los Congresos internacionales sobre Cervantes y Lope de Vega,* Madrid, CSIC, 1981.
Recoules, Henri. "Les personnages de intermèdes de Cervantès", *Anales cervantinos,* X, 1971, pp. 51-68.
———. "Cervantes, Timoneda y los entremeses del siglo XVI", *Boletín de la Biblioteca Menéndez Pelayo,* XLVIII, 1972, pp. 231-291.
———. *Les intermèdes des collections imprimées: vision caricaturale de la societé espagnole au XVIIe siècle,* Université de Lille, 1973. Rica documentación y ejemplificación.

ABREVIATURAS USADAS EN LAS NOTAS

Autoridades = Diccionario de la lengua castellana... por la Real Academia Española, 6 vols., Madrid, 1726-1739.

Bonilla = Entremeses de M. de Cervantes Saavedra. Anotados por Adolfo Bonilla San Martín, Madrid, 1916.

Corominas = Diccionario crítico etimológico de la lengua castellana, Madrid, 4 vols., 1955-1957.

Correas = Gonzalo Correas, Vocabulario de refranes y frases proverbiales, (1627). Texte établi et présenté par Louis Combet, Bordeaux, 1967. (Dada la peculiar ortografía y alfabetización, hemos optado por modernizar y dar la página pertinente).

Covarrubias = Covarrubias, Sebastián de. Tesoro de la lengua castellana. Edición de Martín de Riquer, Barcelona, 1943.

Gillet, III = Propalladia and other Works of Torres Naharro, 4 vols., Bryn Mawr, Pennsylvania, 1943-1961. (El tercer tomo contiene 891 pp. de notas).

Hazañas = Los rufianes de Cervantes. El rufián dichoso y El rufián viudo con un estudio... y notas de Don Joaquín Hazañas y la Rúa, Sevilla, 1906.

Herrero = Cervantes, Entremeses. Edición y notas de Miguel Herrero García, Madrid, *Clas. Cast.*, 1947.

Puyol, Pícara Justina = F. López de Ubeda, La pícara Justina, tomo 3.º Estudio crítico, glosario, notas y bibliografía por Julio Puyol y Alonso, Madrid, Sociedad de Bibliófilos madrileños, 1912.

Rico, Guzmán de Alfarache = La novela picaresca española. I. El Lazarillo y el Guzmán de Alfarache, de Mateo Alemán. Edición, introducción y notas de Francisco Rico, Barcelona, Clásicos Planeta, 1967.

Rose, Buscón = F. de Quevedo, Historia de la vida del Buscón. Edición crítica por Roberto Selden Rose, Madrid, 1927. (El Vocabulario abarca las pp. 283-405).

Advertencia.—Las acepciones claramente contenidas en la última edición del Diccionario de la Real Academia no se recogen aquí, sino en casos excepcionales.

NOTA PREVIA

En esta edición se ha seguido en general la de Adolfo Bonilla San Martín, Madrid, 1916. Hay algunas leves correcciones y enmiendas conjeturales, sugeridas por el deseo de aclarar oscuridades del negligente texto de la impresión *princeps*.

E. A.

OCHO
COMEDIAS, Y OCHO
ENTREMESES NVEVOS,
Nunca representados.

COMPVESTAS POR MIGVEL
de Ceruantes Saauedra.

DIRIGIDAS A DON PEDRO FER-
nandez de Castro, Conde de Lemos, de Andrade,
y de Villalua, Marques de Sarria, Gentilhombre
de la Camara de su Magestad, Comendador de
la Encomienda de Peñafiel, y la Zarça, de la Orden de Alcantara, Virrey, Gouernador, y Capitan general del Reyno de Napoles, y Presidente del supremo Consejo
de Italia.

LOS TITVLOS DESTAS OCHO COMEDIAS,
y sus entremeses van en la quarta hoja.

Año   1615.

CON PRIVILEGIO.

EN MADRID, *Por la viuda de Alonso Martin.*
A costa de Iuan de Villarroel, mercader de libros, vendese en su casa
a la plaçuela del Angel.

Edición *princeps*

I

EL JUEZ DE LOS DIVORCIOS

ENTREMÉS DEL
JUEZ DE LOS DIVORCIOS

Sale el Juez, y otros dos con él, que son Escribano y Procurador, y siéntase en una silla; salen el Vejete y Mariana, su mujer.

MAR. Aun bien que está ya el señor juez de los divorcios sentado en la silla de su audiencia. Desta vez tengo de quedar dentro o fuera; desta vegada tengo de quedar libre de pedido y alcabala, como el gavilán. [1]

VEJ. Por amor de Dios, Mariana, que no almodonees [2] tanto tu negocio; habla paso, por la pasión que Dios pasó; mira que tienes atronada a toda la vecindad con tus gritos; y, pues tienes delante al señor juez, con menos voces le puedes informar de tu justicia.

JUEZ. ¿Qué pendencia traéis, buena gente?

---

1 *Desta vegada... libre de pedido y alcabala, como el gavilán.* El asonante y el arcaísmo *vegada*, ya rehusado por Juan de Valdés, sugieren se trata de un viejo refrán. Acerca de la exención de impuestos gozada por los gavilanes, cfr. J. Fradejas Lebrero, nota a *Libro de la caza de las aves* de Pero López de Ayala, Valencia, Castalia, 1959, pp. 237-238. Un texto de fray Luis de Granada, allí citado, muestra que la franquía duraba en el siglo XVI: "De estas noblezas nació el común proverbio que dice *Hidalgo como un gavilán*, y como tal lo libran las leyes reales de pagar pecho o portazgo".

2 *Almodonees*, palabra incógnita que ya *Autoridades* corrigió, sin decirlo, en *almonedees*, es decir, pregones como en almoneda.

Mar.   Señor, ¡divorcio, divorcio, y más divorcio, y otras mil veces divorcio!

Juez.   ¿De quién, o por qué, señora?

Mar.   ¿De quién? Deste viejo, que está presente.

Juez.   ¿Por qué?

Mar.   Porque no puedo sufrir sus impertinencias, ni estar contino atenta a curar todas sus enfermedades, que son sin número; y no me criaron a mí mis padres para ser hospitalera ni enfermera. Muy buen dote llevé al poder desta espuerta de huesos, que me tiene consumidos los días de la vida; cuando entré en su poder, me relumbraba la cara como un espejo, y agora la tengo con una vara de frisa[3] encima. Vuesa merced, señor juez, me descase, si no quiere que me ahorque; mire, mire los surcos que tengo por este rostro, de las lágrimas que derramo cada día, por verme casada con esta anatomía.

Juez.   No lloréis, señora; bajad la voz y enjugad las lágrimas, que yo os haré justicia.

Mar.   Déjeme vuesa merced llorar, que con esto descanso. En los reinos y en las repúblicas bien ordenadas, había de ser limitado el tiempo de los matrimonios, y de tres en tres años se habían de deshacer, o confirmarse de nuevo, como cosas de arrendamiento, y no que hayan de durar toda la vida, con perpetuo dolor de entrambas partes.

Juez.   Si ese arbitrio se pudiera o debiera poner en prática, y por dineros, ya se hubiera hecho; pero especificad más, señora, las ocasiones que os mueven a pedir divorcio.

Mar.   El ivierno de mi marido, y la primavera de mi edad; el quitarme el sueño, por levantarme a media noche a calentar paños y saquillos de salvado para ponerle en la ijada; el ponerle, ora aquesto, ora aque-

---

[3] *Frisa* "paño de luto". Otra acepción, aquí connotada, es *paño* "mancha obscura que varía el color natural del cuerpo, especialmente del rostro" (*Autoridades*). Véase Gil Vicente, *Comedia de Rubena,* verso 129 "tener ojeras y paño", signo del preñado de la muchacha.

lla ligadura, que ligado le vea yo a un palo por justicia; el cuidado que tengo de ponerle de noche alta [4] cabecera de la cama, jarabes lenitivos, porque no se ahogue del pecho; y el estar obligada a sufrirle el mal olor de la boca, que le güele mal a tres tiros de arcabuz.

Esc. Debe de ser de alguna muela podrida.

Vej. No puede ser, porque lleve el diablo la muela ni diente que tengo en toda ella.

Proc. Pues ley hay, que dice (según he oído decir) que por sólo el mal olor de la boca se puede desc[as]ar la mujer del marido, y el marido de la mujer.

Vej. En verdad, señores, que el mal aliento que ella dice que tengo, no se engendra de mis podridas muelas, pues no las tengo, ni menos procede de mi estómago, que está sanísimo, sino desa mala intención de su pecho. Mal conocen vuesas mercedes a esta señora; pues a fe que, si la conociesen, que la ayunarían, o la santiguarían. [5] Veinte y dos años ha que vivo con ella mártir, sin haber sido jamás confesor de sus insolencias, de sus voces y de sus fantasías, y ya va para dos años que cada día me va dando vaivenes y empujones hacia la sepultura, a [puras] [6] voces me tiene medio sordo, y, a puro reñir, sin juicio. Si me cura, como ella dice, cúrame a regañadientes; habiendo de ser suave la mano y la condición del médico. En resolución, señores, yo soy el que muero en su poder, y ella es la que vive en el mío, porque es señora, con mero mixto imperio, [7] de la hacienda que tengo.

---

[4] *Ponerle de noche alta cabecera* es enmendado por *Bonilla, Herrero* y otros en *alta / la / cabecera.* Yo preferiría corregir en *a la cabecera* que hace perfecto sentido y mantiene la simetría y fluidez del discurso.

[5] *La ayunarían o la santiguarían.* Elogios ambiguos. *Correas,* p. 279: "Si le conocieses, ayunaríasle los viernes. Para decir que uno es matrero y bellaco astuto". *Santiguar,* fuera de "hacer la señal de la cruz" significa "golpear".

[6] He corregido el incomprensible "a cuyas voces" en "a puras voces" retoque sugerido por "a puro reñir".

[7] *Con mero mixto imperio* "con pleno dominio". Frase usual en los contratos. Cfr. *Bonilla.*

MAR.   ¿Hacienda vuestra? y ¿qué hacienda tenéis vos, que no la hayáis ganado con la que llevastes en mi dote? Y son míos la mitad de los bienes gananciales, mal que os pese; y dellos y de la dote, si me muriese agora, no os dejaría valor de un maravedí, porque veáis el amor que os tengo.

JUEZ.   Decid, señor: cuando entrastes en poder de vuestra mujer, ¿no entrastes gallardo, sano, y bien acondicionado?

VEJ.   Ya he dicho que ha veinte y dos años que entré en su poder, como quien entra en el de un cómitre calabrés a remar en galeras de por fuerza, y entré tan sano, que podía decir y hacer como quien juega a las pintas. [8]

MAR.   Cedacico nuevo, tres días en estaca. [9]

JUEZ.   Callad, callad, nora en tal [10] mujer de bien, y andad con Dios; que yo no hallo causa para descasaros; y, pues comistes las maduras, gustad de las duras; que no está obligado ningún marido a tener la velocidad y corrida del tiempo, que no pase por su puerta y por sus días; y descontad los malos que ahora os da, con los buenos que os dio cuando pudo; y no repliquéis más palabra.

VEJ.   Si fuese posible, recibiría gran merced que vuesa merced me la hiciese de despenarme, alzándome esta carcelería; porque, dejándome así, habiendo ya llegado a este rompimiento, será de nuevo entregarme al verdugo que me martirice; y si no, hagamos una cosa: enciérrese ella en un monesterio, y yo en otro; partamos la hacienda, y desta suerte podremos vivir en paz y en servicio de Dios lo que nos queda de la vida.

MAR.   ¡Malos años! ¡Bonica soy yo para estar encerrada! No sino llegaos a la niña, que es amiga de

---

8 *Decir y hacer.* "Envidar y querer". Compara el juego amoroso con el juego de las pintas. Sobre el cual cfr. *Autoridades.*

9 *Cedacico nuevo tres, días en estaca.* "De lo que dura poco la bondad" (*Correas*, p. 299).

10 *Nora en tal.* Según Cejador, s. v. *nora,* "indica reticencia, como en *voto a tal*". Julio Cejador, *La lengua de Cervantes,* II, Madrid, 1906, p. 777.

redes, de tornos, rejas y escuchas; [11] encerraos vos, que lo podréis llevar y sufrir, que, ni tenéis ojos con qué ver, ni oídos con qué oir, ni pies con qué andar, ni mano con qué tocar: que yo, que estoy sana, y con todos mis cinco sentidos cabales y vivos, quiero usar dellos a la descubierta, y no por brújula, como quínola dudosa. [12]

Esc. Libre es la mujer.

Proc. Y prudente el marido; pero no puede más.

Juez. Pues yo no puedo hacer este divorcio, *quia nullam invenio causam.*

Entra un Soldado bien aderezado, y su mujer
doña Guiomar.

Guiom. ¡Bendito sea Dios!, que se me ha cumplido el deseo que tenía de verme ante la presencia de vuesa merced, a quien suplico, cuan encarecidamente puedo, sea servido de descasarme déste.

Juez. ¿Qué cosa es *déste*? ¿No tiene otro nombre? Bien fuera que dijérades siquiera: "deste hombre"

Guiom. Si él fuera hombre, no procurara yo descasarme.

Juez. Pues ¿qué es?

Guiom. Un leño.

Sold. [*Aparte.*] Por Dios, que he de ser leño en callar y en sufrir. Quizá con no defenderme, ni contradecir a esta mujer, el juez se inclinará a condenarme; y, pensando que me castiga, me sacará de cautiverio, como si por milagro se librase un cautivo de las mazmorras de Tetuán.

---

11 *Escuchas.* "Se llama así la monja que asiste a la conversación de otra religiosa con su familia. o visitantes en el locutorio" (*Herrero*).

12 *Quínola.* Juego de naipes y lance principal del juego, que consiste en reunir cuatro cartas de un palo (*Autoridades*). "No estando al descubierto estas, los jugadores han de *brujulear* y calcular para ver si tienen quínola" (*Bonilla*).

PROC. Hablad más comedido, señora, y relatad vuestro negocio, sin improperios de vuestro marido, que el señor juez de los divorcios, que está delante, mirará rectamente por vuestra justicia.

GUIOM. Pues ¿no quieren vuesas mercedes que llame leño a una estatua, que no tiene más acciones que un madero?

MAR. Ésta y yo nos quejamos sin duda de un mismo agravio.

GUIM. Digo, en fin, señor mío, que a mí me casaron con este hombre, ya que quiere vuesa merced que así lo llame, pero no es este hombre con quien yo me casé.

JUEZ. ¿Cómo es eso?, que no os entiendo.

GUIOM. Quiero decir, que pensé que me casaba con un hombre moliente y corriente, y a pocos días hallé que me había casado con un leño, como tengo dicho; porque él no sabe cuál es su mano derecha, ni busca medios ni trazas para granjear un real con que ayude a sustentar su casa y familia. Las mañanas se le pasan en oír misa y en estarse en la puerta de Guadalajara murmurando, sabiendo nuevas, diciendo y escuchando mentiras; y las tardes, y aun las mañanas también, se va de casa en casa de juego, y allí sirve de número a los mirones, que, según he oído decir, es un género de gente a quien aborrecen en todo estremo los gariteros. A las dos de la tarde viene a comer, sin que le hayan dado un real de barato, porque ya no se usa el darlo; vuélvese a ir; vuelve a media noche; cena si lo halla; y si no, santíguase, bosteza, y acuéstase; y en toda la noche no sosiega, dando vueltas. Pregúntole qué tiene. Respóndeme que está haciendo un soneto en la memoria para un amigo que se le ha pedido; y da en ser poeta, como si fuese oficio con quien no estuviese vinculada la necesidad del mundo.

SOLD. Mi señora doña Guiomar, en todo cuanto ha dicho, no ha salido de los límites de la razón; y, si yo no la tuviera en lo que hago, como ella la tiene

en lo que dice, ya había yo de haber procurado algún
favor de palillos [13] de aquí o de allí, y procurar verme, como se ven otros hombrecitos aguditos y bulli-
ciosos, con una vara en las manos, y sobre una mula
de alquiler, pequeña, seca y maliciosa, sin mozo de
mulas que le acompañe, porque las tales mulas nunca
se alquilan sino a faltas y cuando están de nones; sus
alforjitas a las ancas, en la una un cuello y una camisa, y en la otra su medio queso, y su pan y su
bota; sin añadir a los vestidos que trae de rúa, para
hacellos de camino, sino unas polainas y una sola es-
puela; y, con una comisión y aun comezón en el seno,
sale por esa Puente Toledana raspahilando, [14] a pesar
de las malas mañas de la harona, y, a cabo de pocos
días, envía a su casa algún pernil de tocino, y algunas
varas de lienzo crudo; en fin, de aquellas cosas que
valen baratas en los lugares del distrito de su comisión, y con esto sustenta su casa como el pecador mejor puede; pero yo, que, ni tengo oficio, [ni benefi-
cio], no sé qué hacerme, porque no hay señor que
quiera servirse de mí, porque soy casado; así que, me
será forzoso suplicar a vuesa merced, señor juez, pues
ya por pobres son tan enfadosos los hidalgos, y mi mujer lo pide, que nos divida y aparte.

GUIOM. Y hay más en esto, señor juez; que, como
yo veo que mi marido es tan para poco, y que padece
necesidad, muérome por remedialle, pero no puedo,
porque, en resolución, soy mujer de bien, y no tengo
de hacer vileza.

---

[13] *Palillos. Bonilla* pensó que significaba "bolillos con que las
mujeres hacen encaje". Herrero, sin aducir textos, afirma con razón
se trata de la vara de juez o comisario. Lo confirma este trecho de
Tirso de Molina, *El vergonzoso en palacio,* acto I, versos 571-574:
"Regidero, / no os metáis en eso vos, / que yo no empuño de balde
/ el palillo. ¿No so alcalde?"
[14] *Raspahilando.* "Moverse rápida y atropelladamente" (*Corominas*). Esta interpretación, que ya daba Cejador, parece no consonar
con que la mula sea *harona,* ya que así se llama a "la que camina
muy de espacio y con flema" (*Covarrubias*). Tal vez denote la del-
gadez esquelética de la montura.

SOLD. Por eso solo merecía ser querida esta mujer; pero, debajo deste pundonor, tiene encubierta la más mala condición de la tierra; pide celos sin causa; grita sin por qué; presume sin hacienda; y, como me ve pobre, no me estima en el baile del rey Perico; [15] y es lo peor, señor juez, que quiere que, a trueco de la fidelidad que me guarda, le sufra y disimule millares de millares de impertinencias y desabrimientos que tiene.

GUIOM. ¿Pues no? ¿Y por qué no me habéis vos de guardar a mí decoro y respeto, siendo tan buena como soy?

SOLD. Oid, señora doña Guiomar: aquí delante destos señores os quiero decir esto: ¿Por qué me hacéis cargo de que sois buena, estando vos obligada a serlo, por ser de tan buenos padres nacida, por ser cristiana, y por lo que debéis a vos misma? ¡Bueno es que quieran las mujeres que las respeten sus maridos porque son castas y honestas; como si en solo esto consistiese, de todo en todo, su perfección; y no echan de ver los desaguaderos por donde desaguan la fineza de otras mil virtudes que les faltan! ¿Qué se me da a mí que seáis casta con vos misma, puesto que se me da mucho, si os descuidáis de que lo sea vuestra criada, y si andáis siempre rostrituerta, enojada, celosa, pensativa, manirrota, dormilona, perezosa, pendenciera, gruñidora, con otras insolencias deste jaez, que bastan a consumir las vidas de docientos maridos? Pero, con todo esto, digo, señor juez, que ninguna cosa destas tiene mi señora doña Guiomar; y confieso que yo soy el leño, el inhábil, el dejado y el perezoso; y que, por ley de buen gobierno, aunque no sea por otra cosa, está vuesa merced obligado a descasarnos; que desde aquí digo que no tengo ninguna cosa que alegar con-

---

15 *No me estima en el baile del rey Perico* ("del rey Don Alonso... en un cantar vizcaino... o en las coplas de Calainos"). Variantes, que según *Correas*, p. 250, indican la poca estimación que se hace de una cosa o persona.

tra lo que mi mujer ha dicho, y que doy el pleito por concluso, y holgaré de ser condenado.

GUIOM. ¿Qué hay que alegar contra lo que tengo dicho? Que no me dáis de comer a mí, ni a vuestra criada, y monta que no son muchas, sino una, y aun esa sietemesina, que no come por un grillo.

ESC. Sosiéguense; que vienen nuevos demandantes.

Entra uno vestido de médico, y es cirujano; y Aldonza de Minjaca, su mujer.

CIR. Por cuatro causas bien bastantes, vengo a pedir a vuesa merced, señor juez, haga divorcio entre mí y la señora Aldonza de Minjaca, mi mujer, que está presente.

JUEZ. Resoluto venís; decid las cuatro causas.

CIR. La primera, porque no la puedo ver más que a todos los diablos; la segunda, por lo que ella se sabe; la tercera, por lo que yo me callo; la cuarta, porque no me lleven los demonios, cuando desta vida vaya, si he de durar en su compañía hasta mi muerte.

PROC. Bastantísimamente ha probado su intención.

MINJ. Señor juez, vuesa merced me oiga, y advierta que, si mi marido pide por cuatro causas divorcio, yo le pido por cuatrocientas. La primera, porque, cada vez que le veo, hago cuenta que veo al mismo Lucifer; la segunda, porque fuí engañada cuando con él me casé; porque él dijo que era médico de pulso, [16] y remaneció cirujano, y hombre que hace ligaduras y cura otras enfermedades, que va a decir desto a médico, la mitad del justo precio; la tercera, porque tiene celos del sol que me toca; la cuarta, que, como no le puedo ver, querría estar apartada dél dos millones de leguas.

---

16 *Médico de pulso.* "De medicina general y no cirujano. Estos tenían mucho menos estudios" (*Herrero*).

Esc.   ¿Quién diablos acertará a concertar estos relojes, estando las ruedas tan desconcertadas?

Minj.   La quinta...

Juez.   Señora, señora, si pensáis decir aquí todas las cuatrocientas causas, yo no estoy para escuchallas, ni hay lugar para ello; vuestro negocio se recibe a prueba, y andad con Dios; que hay otros negocios que despachar.

Cir.   ¿Qué más pruebas, sino que yo no quiero morir con ella, ni ella gusta de vivir conmigo?

Juez.   Si eso bastase para descasarse los casados, infinitísimos sacudirían de sus hombros el yugo del matrimonio.

Entra uno vestido de Ganapán, con su caperuza cuarteada.

Gan.   Señor juez: ganapán soy, no lo niego, pero cristiano viejo, y hombre de bien a las derechas; y, si no fuese que alguna vez me tomo del vino, o él me toma a mí, que es lo más cierto, ya hubiera sido prioste en la cofradía de los hermanos de la carga; pero, dejando esto aparte, porque hay mucho que decir en ello, quiero que sepa el señor juez, que, estando una vez muy enfermo de los vaguidos de Baco, prometí de casarme con una mujer errada: volví en mí, sané y cumplí la promesa, y caséme con una mujer que saqué de pecado; púsela a ser placera; ha salido tan soberbia y de tan mala condición, que nadie llega a su tabla con quien no riña, ora sobre el peso falto, ora sobre que le llegan a la fruta, y a dos por tres les da con una pesa en la cabeza, o adonde topa, y los deshonra hasta la cuarta generación, sin tener hora de paz con todas sus vecinas ya parleras, y yo tengo de tener todo el día la espada más lista que un sacabuche, [17]

---

[17] *Más lista que un sacabuche.* Sacabuche es "instrumento de metal que se alarga y recoge en sí mesmo" (*Covarrubias*). Quiere decir *envainando y desenvainando a cada paso.*

para defendella; y no ganamos para pagar penas de pesos no maduros, ni de condenaciones de pendencias. Querría, si vuesa merced fuese servido, o que me apartase della, o por lo menos le mudase la condición acelerada que tiene, en otra más reportada y más blanda; y prométole a vuesa merced de descargalle de balde todo el carbón que comprare este verano; que puedo mucho con los hermanos mercaderes de la costilla. [18]

CIR. Ya conozco yo a la mujer deste buen hombre, y es tan mala como mi Aldonza; que no lo puedo más encarecer.

JUEZ. Mirad, señores: aunque, algunos de los que aquí estáis, habéis dado algunas causas que traen aparejada sentencia de divorcio, con todo eso, es menester que conste por escrito, y que lo digan testigos; y así, a todos os recibo a prueba. Pero ¿qué es esto? ¿Música y guitarras en mi audiencia? ¡Novedad grande es esta!

Entran dos músicos.

MÚS. Señor juez, aquellos dos casados tan desavenidos, que vuesa merced concertó, redujo y apaciguó el otro día, están esperando a vuesa merced con una gran fiesta en su casa; y por nosotros le envían a suplicar sea servido de hallarse en ella y honrallos.

JUEZ. Eso haré yo de muy buena gana, y pluguiese a Dios que todos los presentes se apaciguasen como ellos.

PROC. Desa manera, moriríamos de hambre los escribanos y procuradores desta audiencia; que no, no, sino todo el mundo ponga demandas de divorcios; que

---

18 *Mercaderes de la costilla.* Los ganapanes. Agustín del Campo anota este paso con tres versos de Salas Barbadillo que parecen una pintura de nuestro personaje: "El otro es un hidalgo de la carga / Atlante que se alquila, y que de Baco / suele embriagarse más que del tabaco".

al cabo, al cabo, los más se quedan como se estaban, y nosotros habemos gozado del fruto de sus pendencias y necedades.

MÚS. Pues en verdad que desde aquí hemos de ir regocijando la fiesta.

Cantan los músicos.

Entre casados de honor,
cuando hay pleito descubierto,
más vale el peor concierto,
que no el divorcio mejor.
Donde no ciega el engaño   5
simple, en que algunos están,
las riñas de por San Juan,
son paz para todo el año. [19]
Resucita allí el honor,
y el gusto, que estaba muerto,   10
donde vale el peor concierto,
más que el divorcio mejor.
Aunque la rabia de celos
es tan fuerte y rigurosa,
si los pide una hermosa,   15
no son celos, sino cielos.
Tiene esta opinión Amor,
que es el sabio más experto:
que vale el peor concierto,
más que el divorcio mejor.   20

---

[19] *Las riñas de por San Juan / son paz para todo el año.* Por San Juan, el 24 de junio, se renovaban contratos de alquiler y de mozos de servicio. "Quiere decir que al principio de los conciertos se averigüe todo bien, y entonces se riña y porfíe lo que ha de ser" (*Correas*, p. 213).

OCHO
COMEDIAS, Y OCHO
ENTREMESES NVEVOS,
Nunca representados.

COMPVESTAS POR MIGVEL
de Ceruantes Saauedra.

DIRIGIDAS A DON PEDRO
Fernandez de Caftro, Conde de Lemos, de Andrade, y de Villalua, Marques de Sarria, Gentil-
hombre de la Camara de fu Mageftad, Comen
dador de la Encomienda de Peñafiel, y la Zarça,
de la Orden de Alcantara, Virey, Gouernador, y
Capitan general del Reyno de Napoles, y
Prefidente del fupremo Confe-
jo de Italia.

*LOS TITVLOS DESTAS OCHO COMEDIAS, Y
fus entremeses, van en la fegunda hoja a la buelta.*

Año 1615.

CON PRIVILEGIO.

En Madrid, Por la viuda de Alonfo Martin de Balboa.
A cofta de Iuan de Villaroel, mercader de libros, vendenfe en fu
cafa a la plaçuela del Angel.

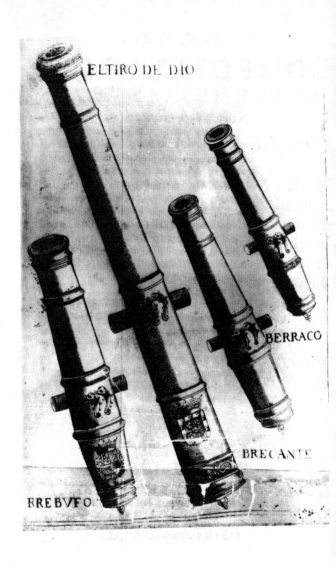

El *tiro de Dio*. Diego Ufano: *Tratado de artillería.*
Bruselas, 1613

II

EL RUFIÁN VIUDO

ENTREMÉS DEL
RUFIÁN VIUDO,
LLAMADO TRAMPAGOS

Sale Trampagos con un capuz de luto, y con él, Vademecum, su criado, con dos espadas de esgrima.

TRAMPAGOS

¿Vademecum?

VADEMECUM

¿Señor?

TRAMPAGOS

¿Traes las morenas? [1]

VADEMECUM

Tráigolas.

TRAMPAGOS

Está bien: muestra y camina,
Y saca aquí la silla de respaldo,
Con los otros asientos de por casa.

---

[1] *Morenas.* Espadas *negras, mulatas* o *morenas* eran las de esgrima, sin corte y con botón en la punta. Aparecieron en España en el siglo xvi y se difundieron por Europa. (Enrique de Leguina, *Glosario de voces de armería*, Madrid, 1912, s .v. *espada*).

75

VADEMECUM

¿Qué asientos? ¿Hay alguno por ventura?   5

TRAMPAGOS

Saca el mortero puerco, el broquel saca,
Y el banco de la cama.

VADEMECUM

                    Está impedido;
Fáltale un pie.

TRAMPAGOS

                    ¿Y es tacha?

VADEMECUM

                    ¡Y no pequeña!

TRAMPAGOS

¡Ah Pericona, Pericona mía,
Y aun de todo el concejo! En fin, llegóse   10
El tuyo: yo quedé, tú te has partido,
Y es lo peor que no imagino adónde,
Aunque, según fué el curso de tu vida,
Bien se puede creer piadosamente
Que estás en parte... aun no me determino   15
De señalarte asiento en la otra vida.
Tendréla yo, sin ti, como de muerte.
¡Que no me hallara yo a tu cabecera
Cuando diste el espíritu a los aires,
Para que le acogiera entre mis labios,   20
Y en mi estómago limpio le envasara! [2]
¡Miseria humana! ¿Quién de ti confía?

---

[2] *En mi estómago limpio le envasara.* "Hemos oído asegurar que
aun conservan esta costumbre los gitanos. Es lo que decimos reco-
ger el postrer aliento de una persona" (*Hazañas*).

Ayer fuí Pericona, hoy tierra fría,
Como dijo un poeta celebérrimo.

Entra Chiquiznaque, rufián.

CHIQUIZNAQUE

Mi so Trampagos, [3] ¿es posible sea   25
Voacé [4] tan enemigo suyo,
Que se entumbe, se encubra, y se trasponga
Debajo desa sombra bayetuna
El sol hampesco? So Trampagos, basta
Tanto gemir, tantos suspiros bastan;   30
Trueque voacé las lágrimas corrientes
En limosnas y en misas y oraciones
Por la gran Pericona, que Dios haya;
Que importan más que llantos y sollozos.

TRAMPAGOS

Voacé ha garlado [5] como un tólogo,   35
Mi señor Chiquiznaque; pero, en tanto
Que encarrilo mis cosas de otro modo,
Tome vuesa merced, y platiquemos
Una levada [6] nueva.

CHIQUIZNAQUE

So Trampagos,
No es este tiempo de levadas: llueven,   40

---

3 *Mi so Trampagos. So,* contracción de *señor, seor,* se usa todavía en insultos como *so tonto.*
4 *Voacé.* Falta una sílaba, por lo menos. Acaso habría que leer
"vuestra merced".
5 *Garlado. Hablado* (John M. Hill, *Voces germanescas,* Blooming-
ton, 1949). El vaivén de la lengua de germanía al énfasis de cul-
tismos caracteriza este entremés.
6 *Levada.* "La ida y vuelta que de una vez y sin intermisión de
tiempo juegan los que esgrimen" (Leguina). Cervantes inicia, pero
no lleva lejos como Quevedo, la sátira de la esgrima científica
puesta de moda por Pacheco de Narváez, *Grandezas de la espada,*
Madrid, 1600. Sobre los sarcasmos de Quevedo cfr. *Rose, Buscón,*
pp. 336-339.

O han de llover hoy pésames adunia,
Y ¿hémonos de ocupar en levadicas?

Entra Vademecum con la silla, muy vieja y rota.

VADEMECUM

¡Bueno, por vida mía! Quien le quita
A mi señor de líneas y posturas,
Le quita de los días de la vida.   45

TRAMPAGOS

Vuelve por el mortero y por el banco,
Y el broquel no se olvide, Vademecum.

VADEMECUM

Y aun trairé el asador, sartén y platos.

Vuélvese a entrar.

TRAMPAGOS

Después platicaremos una treta,
Única, a lo que creo, y peregrina;   50
Que el dolor de la muerte de mi ángel,
Las manos ata y el sentido todo.

CHIQUIZNAQUE

¿De qué edad acabó la mal lograda?

TRAMPAGOS

Para con sus amigas y vecinas,
Treinta y dos años tuvo.

CHIQUIZNAQUE

                 ¡Edad lozana!   55

TRAMPAGOS

Si va a decir verdad, ella tenía
Cincuenta y seis; pero, de tal manera
Supo encubrir los años, que me admiro.
¡Oh qué teñir de canas! ¡Oh qué rizos,
Vueltos de plata en oro los cabellos!   60
A seis del mes que viene hará quince años
Que fué mi tributaria, sin que en ellos
Me pusiese en pendencia ni en peligro
De verme palmeadas las espaldas.
Quince cuaresmas, [7] si en la cuenta acierto,   65
Pasaron por la pobre desde el día
Que fué mi cara, agradecida prenda,
En las cuales sin duda susurraron
A sus oídos treinta y más sermones,
Y en todos ellos, por respeto mío,   70
Estuvo firme, cual está a las olas
Del mar movible la inmovible roca.
¡Cuántas veces me dijo la pobreta,
Saliendo de los trances rigurosos
De gritos y plegarias y de ruegos,   75
Sudando y trasudando: "¡Plega al cielo,
Trampagos mío, que en descuento vaya
De mis pecados lo que aquí yo paso
Por ti, dulce bien mío!"

CHIQUIZNAQUE

                  ¡Bravo triunfo!
¡Ejemplo raro de inmortal firmeza!   80
¡Allá lo habrá hallado!

TRAMPAGOS

                  ¿Quién lo duda?
Ni aun una sola lágrima vertieron
Jamás sus ojos en las sacras pláticas,

---

7 *Quince cuaresmas.* En cuaresma las prostitutas sevillanas tenían
el deber de oir los "sermones de arrepentidas" (*Hazañas*, pp. 31-33).

Cual si de esparto o pedernal su alma
Formada fuera.

CHIQUIZNAQUE

                    ¡Oh hembra, benemérita   85
De griegas y romanas alabanzas!
¿De qué murió?

TRAMPAGOS

Los médicos dijeron que tenía
Malos los hipocondrios y los hígados,
Y que con agua de taray [8] pudiera   90
Vivir, si la bebiera setenta años.

CHIQUIZNAQUE

¿No la bebió?

TRAMPAGOS

          Murióse.

CHIQUIZNAQUE

                    Fué una necia.
¡Bebiérala hasta el día del juïcio,
Que hasta entonces viviera! El yerro estuvo
En no hacerla sudar.

TRAMPAGOS

                    Sudó [9] once veces.   95

Entra Vademecum con los asientos referidos.

[8] *Agua de taray.* Según Andrés de Laguna, *Pedacio Dioscórides,*
Anvers, 1555, p. 72, "conviene mucho a las opilaciones de hígado
y baço". *Taray* es lo mismo que *tamariz.*
[9] *Sudó once veces.* Los sudores eran provocados por los medica-
mentos que contra la sífilis se usaban. Véase Ruy Díaz de Isla,
*Tractado llamado fructo de Todos los Santos contra el mal serpen-
tino,* Sevilla, 1542, folio 77v., *Regla universal décima del sudor.* El
autor refiere sus experiencias como médico del hospital lisboeta de
Todo-lo-santos.

CHIQUIZNAQUE

¿Y aprovechóle alguna?

TRAMPAGOS

Casi todas:
Siempre quedaba como un ginjo [10] verde,
Sana como un peruétano o manzana.

CHIQUIZNAQUE

Dícenme que tenía ciertas fuentes
En las piernas y brazos.

TRAMPAGOS

La sin dicha   100
Era un Aranjuëz; [11] pero, con todo,
Hoy come en ella, la que llaman tierra,
De las más blancas y hermosas carnes
Que jamás encerraron sus entrañas;
Y, si no fuera porque habrá dos años   105
Que comenzó a dañársele el aliento,
Era abrazarla, como quien abraza
Un tiesto de albahaca o clavellinas.

CHIQUIZNAQUE

Neguijón debió ser, o corrimìento,
El que dañó las perlas de su boca,   110
Quiero decir, sus dientes y sus muelas.

TRAMPAGOS

Una mañana amaneció sin ellos.

[10] *Ginjo verde.* Azufaifo. Cervantes repite la comparación en
El viejo celoso.
[11] *Era un Aranjüez.* La comparación del enfermo que tiene *fuentes* "llagas que manan", con Aranjuez aparece en Mateo Alemán
(*Rico, Guzmán de Alfarache,* p. 788) y en el capítulo L de la Segunda parte del Quijote (*Hazañas*).

VADEMECUM

Así es verdad; mas fué deso la causa
Que anocheció sin ellos; de los finos,
Cinco acerté a contarle; de los falsos,   115
Doce disimulaba en la covacha.

TRAMPAGOS

¿Quién te mete a ti en esto, mentecato?

VADEMECUM

Acredito verdades.

TRAMPAGOS

                    Chiquiznaque,
Ya se me ha reducido a la memoria
La treta de denantes; toma, y vuelve   120
Al ademán primero.

VADEMECUM

                    Pongan pausa,
Y quédese la treta en ese punto;
Que acuden moscovitas al reclamo [12]
La Repulida viene y la Pizpita,
Y la Mostrenca, y el jayán [13] Juan Claros.   125

TRAMPAGOS

Vengan en hora buena: vengan ellos
En cien mil norabuenas.

[12] *Que acuden moscovitas al reclamo.* "En la *Vida del pícaro*
publicada por... Bonilla y San Martín en la *Revue Hispanique,*
tomo IX, se dice: 'Acudan moscovitas al reclamo / de aquellos
que a la jábega se aplican / cantando de la hiza y del caramo'"
(*Hazañas*).
[13] *Jayán Juan Claros.* Jayán "Rufián a quien respetan", aparece
ya en Lope de Rueda (Hill, *Voces germanescas*). Juan Claros parece lo mismo que Juan Rubio, nombre que los germanos daban
al sol.

*Entran la Repulida, la Pizpita, la Mostrenca,
y el rufián Juan Claros.*

JUAN

En las mismas
Esté mi sor Trampagos.

REPULIDA

Quiera el cielo
Mudar su escuridad en luz clarísima.

PIZPITA

Desollado le viesen ya mis lumbres   130
De aquel pellejo lóbrego y escuro.

MOSTRENCA

¡Jesús, y qué fantasma noturnina!
Quítenmele delante.

VADEMECUM

¿Melindricos?

TRAMPAGOS

Fuera yo un Polifemo, un antropófago,
Un troglodita, un bárbaro Zoílo,   135
Un caimán, un caribe, un come-vivos,
Si de otra suerte me adornara en tiempo
De tamaña desgracia.

JUAN

Razón tiene.

TRAMPAGOS

¡He perdido una mina potosisca, [14]

14 *Mina potosisca.* La fama del Potosí y de sus minas de plata
estaba en su apogeo. Cfr. Lewis Hanke, *The Imperial City of Potosí,*

Un muro de la hiedra de mis faltas,   140
Un árbol de la sombra de mis ansias!

JUAN

Era la Pericona un poco de oro.

TRAMPAGOS

Sentarse a prima noche, y, a las horas
Que se echa el golpe, [15] hallarse con sesenta
Numos en cuartos, ¿por ventura es barro?   145
Pues todo esto perdí en la que ya pudre.

REPULIDA

Confieso mi pecado; siempre tuve
Envidia a su no vista diligencia.
No puedo más; yo hago lo que puedo,
Pero no lo que quiero.

PIZPITA

                            No te penes,   150
Pues vale más aquel que Dios ayuda,
Que el que mucho madruga: ya me entiendes.

VADEMECUM

El refrán vino aquí como de molde;
¡Tal os dé Dios el sueño; [16] mentecatas!

MOSTRENCA

Nacidas somos; [17] no hizo Dios a nadie   155
A quien desamparase. Poco valgo;

La Haya, M. Nijhoff, 1956. *Potosisco* parece neologismo acuñado
al modo de *navarrisco, levantisco*, etc.

[15] *Se echa el golpe.* "A las horas que se cierra la mancebía.
El golpe llaman aun en la cárcel a la puerta, y echar el golpe es
cerrarla" (*Hazañas*).

[16] *Tal os dé Dios el sueño. Correas*, p. 54: "Ansí tengáis el
sueño... Dícese a cosa que no es buena o no verdadera". Cfr. *Rico,
Guzmán de Alfarache*, p. 728.

[17] *Nacidas somos.* Nacidos = hombres. Cfr. *Gillet*, p. 70-71.

Pero, en fin, como y ceno, y a mi cuyo
Le traigo más vestido que un palmito. [18]
Ninguna es fea, como tenga bríos;
Feo es el diablo.

VADEMECUM

Alega la Mostrenca   160
Muy bien de su derecho, y alegara
Mejor, si se añadiera el ser muchacha
Y limpia, pues lo es por todo estremo.

CHIQUIZNAQUE

En el que está Trampagos me da lástima.

TRAMPAGOS

Vestíme este capuz: mis dos lanternas [19]   165
Convertí en alquitaras.

VADEMECUM

¿De aguardiente?

TRAMPAGOS

Pues ¿tanto cuelo yo, hi de malicias?

VADEMECUM

A cuatro lavanderas de la puente
Puede dar quince y falta en la colambre; [20]
Miren qué ha de llorar, sino agua-ardiente.   170

---

[18] *Más vestido que un palmito.* "*Palmitos*: redrojos de palma
cuya medula y hijuelos se comen. De uno que está con muchos
vestidos decimos que está vestido como un palmito" (*Covarrubias*).
[19] *Mis dos lanternas.* Ojos (Hidalgo, *Romances de germanía*).
Alquitaras o *alambiques* por lo que lloraban.
[20] *Colambre*, además de *colada* de ropa, significa *sed*. "Desper-
tador de la colambre" significa "avivador de la sed", según Rodríguez Marín, nota a la ed. crítica del Quijote, t. VII, p. 211,
Madrid, 1948.

JUAN

Yo soy de parecer que el gran Trampagos
Ponga silencio a su contino llanto,
Y vuelva al *sicut erat in principio,*
Digo a sus olvidadas alegrías;
Y tome prenda que las suyas quite, [21]   175
Que es bien que el vivo vaya a la hogaza,
Como el muerto se va a la sepultura.

REPULIDA

Zonzorino [22] Catón es Chiquiznaque.

PIZPITA

Pequeña soy, Trampagos, pero grande
Tengo la voluntad para servirte;   180
No tengo cuyo, y tengo ochenta cobas. [23]

REPULIDA

Yo ciento, y soy dispuesta y nada lerda.

MOSTRENCA

Veinte y dos tengo yo, y aun veinticuatro,
Y no soy mema.

REPULIDA

                    ¡Oh mi Jezúz! [24] ¿Qué es esto?
¿Contra mí la Pizpita y la Mostrenca?   185

---

[21] *Tome prenda que las suyas quite.* Equívoco: "Tome amada
que le quite los lutos" o "que desempeñe sus prendas pignoradas".

[22] *Zonzorino Catón,* o Catón Censorino irónicamente coloreado
por *zonzo.* A Catón se atribuían los *Catonis dicta* (o *Disticha*), primer texto usado en las escuelas medievales e incluso en los llamados
Libri minores, que entre otros edit Antonio de Nebrija. Acerca de
las ediciones en nuestra lengua cfr. Antonio Pérez Gómez, *Versiones
castellanas del Pseudo Catón.* Noticias bibliográficas, Valencia, 1964.
El benemérito bibliófilo de Cieza incluyó en sus *Incunables poéticos
castellanos*: Martín García, *Traslado del Doctor Chatón* (1490),
Valencia, Castalia, 1954.

[23] *Cobas.* Moneda de a real (Hill, *Voces germanescas*).

[24] *Oh mi Jezuz.* Ejemplo de lo que Joao de Barros llamaba "o
cecear cigano de Sevilla". Ambrosio de Salazar escribía: Cecear con

¿En tela quieres competir conmigo,
Culebrilla de alambre, [25] y tú, pazguata?

PIZPITA

Por vida de los huesos de mi abuela,
Doña Mari-Bobales, monda-níspolas, [26]
Que no la estimo en un feluz morisco.   190
¡Han visto el ángel tonto almidonado,
Cómo quiere empinarse sobre todas!

MOSTRENCA

Sobre mí no, a lo menos, que no sufro
Carga que no me ajuste y me convenga.

JUAN

Adviertan que defiendo a la Pizpita.   195

CHIQUIZNAQUE

Consideren que está la Repulida
Debajo de las alas de mi amparo.

VADEMECUM

Aquí fué Troya, aquí se hacen rajas;
Los de las cachas amarillas [27] salen;
Aquí, otra vez fué Troya.

---

gracia se permite a las Damas" (Citado por Amado Alonso, *De la pronunciación medieval a la moderna española*. Ultimado... por Rafael Lapesa, t. I, Madrid, 1955, p. 399. Al parecer el ceceo era común en los que llamaban monasterios de malas mujeres, aunque Cervantes sólo aquí lo resalte.

25 *Culebrilla de alambre*. "Existían efectivamente unas cajas de sorpresa que tenían dentro una culebra hecha de alambre enrollado en espiral" (*Herrero*).

26 *Mondaníspolas*. Insulto del tipo de *pelagatos, pinchauvas,* etc. para indicar menosprecio.

27 *Los de las cachas amarillas*. Cuchillos *vaqueros* o *jiferos*, que usaban los jiferos o matarifes, mentados en *Rinconete y Cortadillo*.

REPULIDA

                    Chiquiznaque,   200
No he menester que nadie me defienda;
Aparta, tomaré yo la venganza,
Rasgando con mis manos pecadoras
La cara de membrillo cuartanario. [28]

JUAN

¡Repulida, respeto al gran Juan Claros!   205

PIZPITA

Déjala, venga: déjala que llegue
Esa cara de masa mal sobada.

Entra Uno muy alborotado.

UNO

Juan Claros, ¡la justicia, la justicia!
El alguacil de la justicia viene
La calle abajo.

Entrase luego.

JUAN

                    ¡Cuerpo de mi padre!   210
¡No paro más aquí!

TRAMPAGOS

                    Ténganse todos:
Ninguno se alborote: que es mi amigo
El alguacil; no hay que tenerle miedo.

Torna a entrar.

---

[28] *Cara de membrillo cuartanario.* Dos veces amarilla, como el membrillo y el enfermo de cuartanas.

UNO

No viene acá, la calle abajo cuela. *(Vase)*.

CHIQUIZNAQUE

El alma me temblaba ya en las carnes.   215
Porque estoy desterrado.

TRAMPAGOS

                Aunque viniera,
No nos hiciera mal, yo lo sé cierto;
Que no puede chillar, porque está untado.

VADEMECUM

Cese, pues, la pendencia, y mi sor sea
El que escoja la prenda que le cuadre   220
O le esquine mejor.

REPULIDA

                Yo soy contenta.

PIZPITA

Y yo también.

MOSTRENCA

            Y yo.

VADEMECUM

            Gracias al cielo
Que he hallado a tan gran mal, tan gran remedio.

TRAMPAGOS

Abúrrome, [29] y escojo.

---

[29] *Abúrrome y escojo.* Equívoco, jugando con la doble acepción de aburrirse: la antigua de *aventurarse* y la hoy vigente de *fastidiarse*. Cfr. *Gillet*, III, pp. 226-227.

MOSTRENCA

Dios te guíe.

REPULIDA

Si te aburres, Trampagos, la escogida   225
También será aburrida.

TRAMPAGOS

Errado anduve;
Sin aburrirme escojo.

MOSTRENCA

Dios te guíe.

[TRAMPAGOS]

Digo que escojo aquí a la Repulida.

JUAN

Con su pan se la coma, Chiquiznaque.

CHIQUIZNAQUE

Y aun sin pan, que es sabrosa en cualquier modo.   230

REPULIDA

Tuya soy: pónme un clavo y una S
En estas dos mejillas.

PIZPITA

¡Oh hechicera!

MOSTRENCA

No es sino venturosa: no la envidies,
Porque no es muy católico Trampagos,
Pues ayer enterró a la Pericona,   235
Y hoy la tiene olvidada.

REPULIDA

Muy bien dices.

TRAMPAGOS

Este capuz arruga, Vademecum,
Y dile al padre, que sobre él te preste
Una docena de reäles.

VADEMECUM

Creo
Que tengo yo catorce.

TRAMPAGOS

Luego, luego,   240
Parte, y trae seis azumbres de lo caro.
Alas pon en los pies.

VADEMECUM

Y en las espaldas.

*Entrase Vademecum con el capuz, y queda en cuerpo
Trampagos.*

TRAMPAGOS

¡Por Dios, que si durara la bayeta,
Que me pudieran enterrar mañana!

REPULIDA

¡Ay lumbre destas lumbres, que son tuyas,   245
Y cuán mejor estás en este traje,
Que en el otro sombrío y malencónico!

Entran dos músicos, sin guitarras.

MÚSICO I.º

Tras el olor del jarro nos venimos
Yo y mi compadre.

TRAMPAGOS

En hora buena sea;
¿Y las guitarras?

MÚSICO I.º

En la tienda quedan;   250
Vaya por ellas Vademecum.

MÚSICO 2.º

Vaya:
Mas yo quiero ir por ellas.

MÚSICO I.º

De camino.

Entrase el un músico.

Diga a mi oislo que, si viene alguno
Al *rapio rapis,* [30] que me aguarde un poco;
Que no haré sino colar seis tragos,   255
Y cantar dos tonadas y partirme;
Que ya el señor Trampagos, según muestra,
Está para tomar armas de gusto.

Vuelve Vademecum.

VADEMECUM

Ya está en el antesala el jarro.

---

[30] *Al rapio rapis.* El latín macarrónico —*rapio* por rapar— es
recurso común en los entremeses. Trampagos, poco antes, ha llamado
numos a las monedas, latinismo del que no sabemos otro ejemplo.

TRAMPAGOS

Traile.

VADEMECUM

No tengo taza.

TRAMPAGOS

Ni Dios te la depare.   260
El cuerno de orinar no está estrenado; [31]
Tráele, que te maldiga el cielo santo;
Que eres bastante a deshonrar un duque.

VADEMECUM

Sosiéguese; que no ha de faltar copa,
Y aun copas, aunque sean de sombreros.   265

[*Aparte*]

A buen seguro que éste es churrullero. [32]

Entra Uno, como cautivo, con una cadena al hombro,
y pónese a mirar a todos muy atento, y todos a él.

REPULIDA

¡Jesús! ¿es visión ésta? ¿qué es aquésto?
¿No es éste Escarramán? [33] Él es sin duda.—
¡Escarramán del alma, dame, amores,
Esos brazos, coluna de la hampa!   270

---

[31] *El cuerno de orinar.* "Un cuerno sirve de orinal a algunos oficiales en sus tiendas" (Gutierre de Cetina, citado por *Bonilla*).
[32] *Churrullero.* "Se llamaba soldados chorilleros o churilleros o churrulleros a los españoles en tierra italiana que estaban para partira a la guerra, pero entretanto... cometían picardías: se les daba aquel apodo según una famosa posada napolitana llamada el Cerriglio" (B. Croce, citado por J. H. Terlingen, *Los italianismos en español.* Amsterdam. 1943).
[33] *Escarramán.* Sobre Escarramán, mito del hampa creado por Quevedo en una jácara que se cantaba y bailaba ya en 1611 por toda España, cfr. E. Asensio, *Itinerario del entremés,* pp. 103-106.

TRAMPAGOS

¡Oh Escarramán, Escarramán amigo!
¿Cómo es esto? ¿A dicha eres estatua?
Rompe el silencio y habla a tus amigos.

PIZPITA

¿Qué traje es éste y qué cadena es ésta?
¿Eres fantasma a dicha? Yo te toco,   275
Y eres de carne y hueso.

MOSTRENCA

       Él es, amiga;
No lo puede negar, aunque más calle.

ESCARRAMÁN

Yo soy Escarramán, y estén atentos
Al cuento breve de mi larga historia.

Vuelve El Barbero con dos guitarras, y da la una
al compañero.

Dió la galera al traste en Berbería,   280
Donde la furia de un jüez me puso
Por espalder de la siniestra banda;
Mudé de cautiverio y de ventura;
Quedé en poder de turcos por esclavo;
De allí a dos meses, como el cielo plugo,   285
Me levanté con una galeota;
Cobré mi libertad, y ya soy mío.
Hice voto y promeso inviölable
De no mudar de ropa ni de carga
Hasta colgarla de los muros santos   290
De una devota ermita, que en mi tierra
Llaman de San Millán de la Cogolla;
Y este es el cuento de mi estraña historia,
Digna de atesorarla en mi memoria.

La Mendez [34] no estará ya de provecho,   295
¿Vive?

JUAN

Y está en Granada a sus anchuras.

CHIQUIZNAQUE

¡Allí le duele al pobre todavía!

ESCARRAMÁN

¿Qué se ha dicho de mí en aqueste mundo,
En tanto que en el otro me han tenido
Mis desgracias y gracia?

MOSTRENCA

                         Cien mil cosas.   300
Ya te han puesto en la horca los farsantes. [35]

PIZPITA

Los muchachos han hecho pepitoria
De todas tus medulas y tus huesos.

REPULIDA

Hante vuelto divino; [36] ¿qué más quieres?

[34] *La Méndez no estará ya de provecho.* La Méndez era nombre
frecuente en mancebías, si nos atenemos a los romances de germanía y a Correas, p. 536: "Mirad quién me llamó puta sino la Méndez". Pero aquí se trata de la daifa de Escarramán a quien escribe
su famosa "Carta", a la cual ella replica con otra casi tan famosa
"Respuesta de la Méndez a Escarramán. Jácara" (Quevedo, *Poesía
original*, edición de José Manuel Blecua, Barcelona, Planeta, 1963,
pp. 1228-1233).
[35] *Ya te han puesto en la horca los farsantes.* Alonso de Salas
Barbadillo, en su comedia "El gallardo Escarramán", inserta al fin
de la novela *El subtil cordobés Pedro de Urdemalas* (Madrid, 1620),
presenta a Escarramán condenado a la horca, de la que le salva la
Méndez. Sabido es que el casamiento con una prostituta salvaba
al condenado de la muerte en el patíbulo. Imagino —carezco de
datos concretos— que Salas Barbadillo dramatizaba una fábula ya
pasada por la literatura.
[36] *Hante vuelto divino.* Acerca de las poesías a lo divino en que
Escarramán fue cantado desde 1612 por lo menos, cfr. L. Astrana

CHIQUIZNAQUE

Cántante por las plazas, por las calles;
Báilante en los teatros y en las casas;
Has dado que hacer a los poetas,
Más que dió Troya al mantuano Títiro. [37]

JUAN

Óyente resonar en los establos.

REPULIDA

Las fregonas te alaban en el río;   310
Los mozos de caballos te almohazan.

CHIQUIZNAQUE

Túndete el tundidor con sus tijeras;
Muy más que el potro rucio [38] eres famoso.

MOSTRENCA

Han pasado a las Indias tus palmeos,
En Roma se han sentido tus desgracias,   315
Y hante dado botines *sine numero*.

VADEMECUM

Por Dios que te han molido como alheña,
Y te han desmenuzado como flores,

Marín, *Vida ejemplar y heroica de Miguel de Cervantes*, t. VII,
Madrid, 1958, pp. 229-232, nota.

[37] *El mantuano Títiro*. Es naturalmente Virgilio, el cual cuenta
la caida de Troya en el libro II de la Eneida. Títiro es el pastor
de la Égloga I, por cuya boca se supone habla Virgilio. Sorprende
tanta cultura clásica en boca de un rufián, aun sabiendo que Cervantes no rendía culto al verismo fotográfico. Estamos en un clima
de parodia.

[38] *El potro rucio*. Alude al romance "Lleve el diablo al potro
rucio", burlón comentario de la popularidad de "Ensíllenme el potro rucio". El primero puede leerse en Foulché-Delbosc, "Les *roman-
cerillos* de la Bibliothèque Ambrosienne", *Revue Hispanique*, t. XLV,
1919, n.º 46.

Escena de *La Guarda cuidadosa*
Grabado de Ramón de Capmany

Ilustración para *La Guarda cuidadosa. Entremeses* de Cervantes. Gaspar y Roig, 1868

Y que eres más sonado y más mocoso [39]
Que un reloj y que un niño de dotrina.   320
De tí han dado querella todos cuantos
Bailes pasaron en la edad del gusto,
Con apretada y dura residencia;
Pero llevóse el tuyo la excelencia.

ESCARRAMÁN

Tenga yo fama, y hágame pedazos;   325
De Efeso el templo abrasaré por ella. [40]

*Tocan de improviso los músicos, y comienzan a cantar
este romance;*

"Ya salió de las gurapas
El valiente Escarramán,
Para asombro de la gura,
Y para bien de su mal."   330

ESCARRAMÁN

¿Es aquesto brindarme por ventura?
¿Piensan se me ha olvidado el regodeo?
Pues más ligero vengo que solía;
Si no, toquen, y vaya, y fuera ropa.

PIZPITA

¡Oh flor y fruto de los bailarines!   335
Y ¡qué bueno has quedado!

VADEMECUM

Suelto y limpio.

39 *Eres más sonado y más mocoso / que un reloj y que un niño.*
Sonado y *mocoso*, en ingenioso apareamiento, se corresponden con
reloj y *niño*. Como diría Correas, la ingeniosidad *dispara en lo que
no se piensa.*
40 *De Efeso el templo abrasaré.* La hazaña del pastor Eróstrato
que para lograr fama prendió fuego al templo de Diana. Correas,
p. 476: "Por ser conocido la iglesia quemaría. Como hizo Eróstrato".

JUAN

Él honrará las bodas de Trampagos.

ESCARRAMÁN

Toquen; verán que soy hecho de azogue.

MÚSICO

Váyanse todos por lo que cantare,
Y no será posible que se yerren.   340

ESCARRAMÁN

Toquen; que me deshago y que me bullo.

REPULIDA

Ya me muero por verle en la estacada.

MÚSICO

Estén alerta todos.

CHIQUIZNAQUE

Ya lo estamos.

Cantan.

"Ya salió de las gurapas
El valiente Escarramán,   345
Para asombro de la gura,
Y para bien de su mal.
Ya vuelve a mostrar al mundo
Su felice habilidad,
Su ligereza y su brío,   350
Y su presencia reäl.
Pues falta la Coscolina,
Supla agora en su lugar
La Repulida, olorosa
Más que la flor de azahar,   355

Y, en tanto que se remonda
La Pizpita sin igual,
De la gallarda el paseo
Nos muestre aquí Escarramán.

*Tocan la gallarda, dánzala Escarramán, que le ha de
hacer el bailarín, y, en habiendo hecho una mudanza,
prosíguese el romance.*

La Repulida comience,   360
Con su brío, a rastrear, [41]
Pues ella fué la primera
Que nos le vino a mostrar.
Escarramán la acompañe,
La Pizpita otro que tal,   365
Chiquiznaque y la Mostrenca,
Con Juan Claros el galán.
¡Vive Dios que va de perlas!
No se puede desear
Más ligereza o más garbo,   370
Más certeza o más compás.
¡A ello, hijos, a ello!
No se pueden alabar
Otras ninfas, ni otros rufos,
Que nos pueden igualar.   375
¡Oh, qué desmayar de manos!
¡Oh, qué huir y qué juntar!
¡Oh, qué nuevos laberintos,
Donde hay salir y hay entrar!
Muden el baile a su gusto,   380
Que yo le sabré tocar:
El canario, o las gambetas, [42]

---

[41] *A rastrear.* "Alude aquí Cervantes al baile del *Rastreado* cuyos movimientos describe" (*Bonilla*).

[42] Sobre estos bailes cfr. Emilio Cotarelo, *Colección de entremeses*,
I, pp. CCXXXIII-CCLXXIII. Para aspectos técnicos y difusión internacional, Curt Sachs, *Eine Weltgeschichte des Tanzes*, Berlin, 1933
(hay traducción argentina). Para la historia de la zarabanda, Daniel
Devoto, "La folle sarabande", *Revue de Musicologie*, t. XLVI, 1960;
y "Encore sur la sarabande", *Ibídem*, t. L, diciembre 1964.

O *Al villano se lo dan,*
Zarabanda, o zambapalo,
El *Pésame dello* y más;
El rey don Alonso el Bueno,
Gloria de la antigüedad."

ESCARRAMÁN

El canario, si le tocan,
A solas quiero bailar.

MÚSICO

Tocaréle yo de plata;   390
Tú de oro le bailarás.

*Toca el canario, y baila solo Escarramán; y en
habiéndole bailado, diga;*

ESCARRAMÁN

Vaya *El villano* a lo burdo,
Con la cebolla y el pan,
Y acompáñenme los tres.

MÚSICO

Que te bendiga San Juan.   395

*Bailan el villano, como bien saben y, acabado el villano,
pida Escarramán el baile que quisiere, y, acabado, diga
Trampagos;*

TRAMPAGOS

Mis bodas se han celebrado
Mejor que las de Roldán.
Todos digan, como digo:
¡Viva, viva Escarramán!

TODOS

¡Viva, viva!

III

LA ELECCIÓN DE LOS ALCALDES DE DAGANZO

ENTREMÉS DE
LA ELECCIÓN DE LOS ALCALDES DE
DAGANZO [1]

Salen el Bachiller Pesuña; Pedro Estornudo, escribano;
Panduro, regidor, y Alonso Algarroba, regidor.

PANDURO

Rellánense; que todo saldrá a cuajo.
Si es que lo quiere el cielo benditísimo.

ALGARROBA

Mas echémosle a doce, y no se venda. [2]

[PANDURO]

Paz, que no será mucho que salgamos
Bien del negocio, si lo quiere el cielo.   5

---

[1] En las *Relaciones topográficas* que mandó hacer Felipe II, de-
claran los de Daganzo: "Dixeron que el (= al) dicho señor conde
de Coruña, como señor de la villa, después de haber nombrado en
la dicha villa alcalde, regidores y procurador general, se le lleva
a confirmar y lo confirma y da por bueno el dicho nombramiento,
y aquellos que son nombrados, y por el dicho señor conde confir-
mados, sirven de su oficio un año". Noël Salomon, *La campagne
de Nouvelle Castille à la fin du XVI° siècle d'après les* Relaciones
topográficas, Paris, 1964, p. 200.

[2] *Echémoslo a doce y no se venda.* F. Rodríguez Marín, *Rinconete y Cortadillo* de M. de Cervantes, Madrid, 1920, 2.ª impresión, pp. 458-459, cita abundantes textos, concluyendo que significa
"meter el pleito a voces... y romper por todo sin tener en cuenta
las consecuencias".

[ALGARROBA]

Que quiera, o que no quiera, es lo que importa.

PANDURO

¡Algarroba, la luenga se os deslicia! [3]
Habrad acomedido y de buen rejo,
Que no me suenan bien esas palabras:
"Quiera o no quiera el cielo"; por San Junco, [4]   10
Que, como presomís de resabido,
Os arrojáis a trochemoche en todo.

ALGARROBA

Cristiano viejo soy a todo ruedo,
Y creo en Dios a pies jontillas.

BACHILLER

                    Bueno;
No hay más que desear.

ALGARROBA

                    Y, si por suerte,   15
Hablé mal, yo confieso que soy ganso,
Y doy lo dicho por no dicho.

---

[3] *La luenga se os deslicia.* Las transgresiones lingüísticas de Panduro, los modismos "a cuajo" "de buen rejo", los santos burlescos
como San Pito y San Junco, pertenecen a la jerga llamada *sayagués*, la cual se perpetúa en los entremeses hasta finales del XVII.
Acerca del sayagués difieren las opiniones: unos, como Charlotte
Stern, "*Sayago* and *sayagués* in Spanish history and literature",
Hispanic Review, XXIX, 1961, pp. 217-237, hallan justo el nombre,
ya que en los comienzos (Encina, Íñigo de Mendoza, Lucas Fernández) correspondía al habla de Sayago y su comarca; otros, como
Frida Weber de Kurlat, *Lo cómico en el teatro de Fernán González
de Eslava*, Buenos Aires, s. a. (1963), pp. 65-86, subrayan su carácter artificial. Frida Weber ejemplifica con nuestro entremés "la
desintegración de aquella jerga" reducida a unos cuantos recursos
y convenciones.
[4] *Por San Junco.* Acerca de los santos fantásticos cfr. Frida
Weber, *obra cit.*, pp. 102-105.

ESCRIBANO

Basta;
No quiere Dios, del pecador más malo,
Sino que viva y se arrepienta.

ALGARROBA

Digo
Que vivo y me arrepiento, y que conozco   20
Que el cielo puede hacer lo que él quisiere,
Sin que nadie le pueda ir a la mano,
Especial cuando llueve.

PANDURO

De las nubes,
Algarroba, cae el agua, no del cielo.

ALGARROBA

¡Cuerpo del mundo! si es que aquí venimos   25
A reprochar los unos a los otros,
Díganmoslo; que a fe que no le falten
Reproches a Algarroba a cada paso.

BACHILLER

Redeamus ad rem, señor Panduro
Y señor Algarroba; no se pase   30
El tiempo en niñerías escusadas.
¿Juntámonos aquí para disputas
Impertinentes? ¡Bravo caso es este,
Que siempre que Panduro y Algarroba
Están juntos, al punto se levantan   35
Entre ellos mil borrascas y tormentas
De mil contraditorias intenciones!

ESCRIBANO

El señor bachiller Pesuña tiene
Demasiada razón; véngase al punto,

Y mírese qué alcaldes nombraremos   40
Para el año que viene, que sean tales,
Que no los pueda calumniar Toledo,
Sino que los confirme y dé por buenos,
Pues para esto ha sido nuestra junta.

PANDURO

De las varas hay cuatro pretensores: 45
Juan Berrocal, Francisco de Humillos,
Miguel Jarrete, y Pedro de la Rana;
Hombres todos de chapa y de caletre,
Que pueden gobernar, no que a Daganzo,
Sino a la misma Roma.

ALGARROBA

A Romanillos.   50

ESCRIBANO

¿Hay otro apuntamiento? ¡Por san Pito,
Que me salga del corro!

ALGARROBA

Bien parece
Que se llama Estornudo el escribano ,
Que así se le encarama y sube el humo.
Sosiéguese, que yo no diré nada.

PANDURO

¿Hallarse han por ventura en todo el sorbe?   55

ALGARROBA

¿Qué es *sorbe,* sorbe-huevos? Orbe diga
El discreto Panduro, y serle ha sano. [5]

---

[5] *Serle ha sano.* La frase completa sería *serle ha sano consejo.*
Gillet, III, p. 622.

PANDURO

Digo que en todo el mundo no es posible
Que se hallen cuatro ingenios como aquestos
De nuestros pretensores.

ALGARROBA

          Por lo menos,   60
Yo sé que Berrocal tiene el más lindo
Distinto.

ESCRIBANO

    ¿Para qué?

ALGARROBA

          Para ser sacre
En esto de mojón y cata-vinos.
En mi casa probó los días pasados
Una tinaja, y dijo que sabía   65
El claro vino a palo, a cuero y hierro:
Acabó la tinaja su camino,
Y hallóse en el asiento della un palo
Pequeño, y dél pendía una correa
De cordobán y una pequeña llave.   70

ESCRIBANO

¡Oh rara habilidad! ¡Oh raro ingenio!
Bien puede gobernar, el que tal sabe,
A Alanis y a Cazalla, y aun a Esquivias. [6]

ALGARROBA

Miguel Jarrete es águila.

BACHILLER

    ¿En qué modo?

---

[6] *A Alanís, a Cazalla y aun a Esquivias.* De la fama literaria
de estos vinos da noticias Miguel Herrero, *La vida española del
siglo XVII. I. Las bebidas,* Madrid, 1933.

ALGARROBA

En tirar con un arco de bodoques.   75

BACHILLER

¿Qué, tan certero es?

ALGARROBA

Es de manera,
Que, si no fuese porque los más tiros
Se da en la mano izquierda, no habría pájaro
En todo este contorno.

BACHILLER

¡Para alcalde
Es rara habilidad, y necesaria!   80

ALGARROBA

¿Qué diré de Francisco de Humillos?
Un zapato remienda como un sastre. [7]
Pues ¿Pedro de la Rana? no hay memoria
Que a la suya se iguale; en ella tiene
Del antiguo y famoso perro de Alba   85
Todas las coplas, [8] sin que letra falte.

[7] *Un zapato remienda como un sastre.* En este entremés Cervantes se complace en las comparaciones incongruentes, v. g. "Y tiro con un arco como Tuluio"; "Sansones para las letras / y para las fuerzas Bártulos".

[8] *Del antiguo y famoso perro de Alba / las coplas.* Se trata de los chocarreros coplones antijudíos atribuidos a Juan de Trasmiera, que para no multiplicar los entes sin necesidad, hemos de identificar con Juan Agüero de Trasmiera, bien conocido como corrector o editor de libros de caballería, relatos históricos y pliegos de cordel. (Véase acerca de él James B. McKenna, *A Spaniard in the Portuguese Indies, The narrative of Martín Fernández de Figueroa*, Harvard, 1967, pp. 6-12. También G. Mancini, *Studi sul* Palmerín de Olivia. II. *Introduzione al* Palmerín..., Università di Pisa, 1966, pp. 9-10.) Sobre las *coplas* Gallardo, n.º 4088; y *Puyol, Pícara Justina*, pp. 286-288. En Castañeda-Huarte, *Colección de pliegos sueltos*, Madrid, 1929, anda facsimilada una impresión de hacia 1570. Pero Fernando Colón apunta en el *Regestrum* una anterior comprada en Medina del Campo, en 1524. Cfr. A. Rodríguez-Moñino en su

PANDURO

Este lleva mi voto.

ESCRIBANO

Y aun el mío.

ALGARROBA

A Berrocal me atengo.

BACHILLER

Yo a ninguno.
Si es que no dan más pruebas de su ingenio,
A la jurisprudencia encaminadas.   90

ALGARROBA

Yo daré un buen remedio, y es aqueste:
Hagan entrar los cuatro pretendientes,
Y el señor bachiller Pesuña puede
Examinarlos, pues del arte sabe,
Y, conforme a su ciencia, así veremos   95
Quién podrá ser nombrado para el cargo.

ESCRIBANO

¡Vive Dios, que es rarísima advertencia!

PANDURO

Aviso es, que podrá servir de arbitrio
Para su Jamestad; que, como en corte
Hay potra-médicos, haya potra-alcaldes.   100

ALGARROBA

Prota, señor Panduro; que no potra.

---

introducción al facsímil académico del *Cancionero general de 1511,*
Lista de pliegos fechables antes de 1540, p. 117, n.º 4109. La *princeps* perdida sería de los primeros años del XVI.

PANDURO

Como vos no hay friscal en todo el mundo.

ALGARROBA

¡Fiscal, pese a mis males!

ESCRIBANO

        ¡Por Dios santo
Que es Algarroba impertinente!

ALGARROBA

        Digo
Que, pues se hace examen de barberos,   105
De herradores, de sastres, y se hace
De cirujanos y otras zarandajas,
También se examinasen para alcaldes,
Y, al que se hallase suficiente y hábil
Para tal menester, que se le diese   110
Carta de examen, con la cual podría
El tal examinado remediarse;
Porque de lata en una blanca caja
La carta acomodando merecida,
A tal pueblo podrá llegar el pobre,   115
Que le pesen a oro; que hay hogaño
Carestía de alcaldes de caletre
En lugares pequeños casi siempre.

BACHILLER

Ello está muy bien dicho y bien pensado:
Llamen a Berrocal, entre, y veamos   120
Dónde llega la raya de su ingenio.

ALGARROBA

Humillos, Rana, Berrocal, Jarrete,
Los cuatro pretensores, se han entrado.

Entran estos cuatro labradores.

Ya los tienes presentes.

BACHILLER

Bien venidos
Sean vuesas mercedes.

BERROCAL

Bien hallados   125
Vuesas mercedes sean.

PANDURO

Acomódense.
Que asientos sobran.

HUMILLOS

¡Siéntome, y me siento!

JARRETE

Todos nos sentaremos, Dios loado.

RANA

¿De qué os sentís, Humillos?

HUMILLOS

De que vaya
Tan a la larga nuestro nombramiento.   130
¿Hémoslo de comprar a gallipavos,
A cántaros de arrope y a abiervadas, [9]
Y botas de lo añejo tan crecidas,
Que se arremetan a ser cueros? Díganlo,
Y pondráse remedio y diligencia.   135

---

9 *Abiervadas.* Palabra desconocida. Ninguna de las interpretaciones o enmiendas conjeturales acaba de satisfacer.

BACHILLER

No hay sobornos aquí, todos estamos
De un común parecer, y es, que el que fuere
Más hábil para alcalde, ese se tenga
Por escogido y por llamado.

RANA

        Bueno;
Yo me contento.

BERROCAL

    Y yo.

BACHILLER

        Mucho en buen hora.   140

HUMILLOS

También yo me contento.

JARRETE

       Dello gusto.

BACHILLER

Vaya de examen, pues.

HUMILLOS

       De examen venga.

BACHILLER

¿Sabéis leer, Humillos?

HUMILLOS

       No, por cierto,
Ni tal se probará que en mi linaje
Haya persona tan de poco asiento,   145

Que se ponga a aprender esas quimeras
Que llevan a los hombres al brasero, [10]
Y a las mujeres a la casa llana.
Leer no sé, mas sé otras cosas tales,
Que llevan al leer ventajas muchas.   150

BACHILLER

Y ¿cuáles cosas son?

HUMILLOS

    Sé de memoria
Todas cuatro oraciones, y las rezo
Cada semana cuatro y cinco veces.

RANA

Y ¿con eso pensáis de ser alcalde?

HUMILLOS

Con esto, y con ser yo cristiano viejo.   155
Me atrevo a ser un senador romano.

BACHILLER

Está muy bien. Jarrete diga agora
Qué es lo que sabe.

JARRETE

    Yo, señor Pesuña,
Sé leer, aunque poco; deletreo,
Y ando en el *be-a-ba* bien ha tres meses,   160
Y en cinco más daré con ello a un cabo;
Y, además desta ciencia que ya aprendo,
Sé calzar un arado bravamente,
Y herrar, casi en tres horas, cuatro pares
De novillos briosos y cerreros;   165

---

[10] *Al brasero.* "Brasero se llama el campo o lugar donde queman los relajados por el Santo Oficio" *(Covarrubias).*

Soy sano de mis miembros, y no tengo
Sordez ni cataratas, tos ni reumas;
Y soy cristiano viejo como todos,
Y tiro con un arco como un Tulio.

ALGARROBA

¡Raras habilidades para alcalde,   170
Necesarias y muchas!

BACHILLER

Adelante.
¿Qué sabe Berrocal?

BERROCAL

Tengo en la lengua
Toda mi habilidad, y en la garganta;
No hay mojón en el mundo que me llegue;
Sesenta y seis sabores estampados   175
Tengo en el paladar, todos vináticos.

ALGARROBA

Y ¿quiere ser alcalde?

BERROCAL

Y lo requiero;
Pues, cuando estoy armado a lo de Baco,
Así se me aderezan los sentidos,
Que me parece a mí que en aquel punto   180
Podría prestar leyes a Licurgo
Y limpiarme con Bártulo. [11]

---

[11] *Bártulo.* El jurisconsulto de Bolonia Bártolo de Sassoferrato, cuyos gordos tomazos dejaron rastro en la fraseología. "Arrimar los bártulos. Por: dejar el estudio. Bártulos son los libros" (*Correas,* p. 614) Su *Processus* (o *Litigatio*) *Mascaron contra genus humanum* —pleito del diablo contra el hombre— ha dado origen al *Mascaró* medieval de Valencia. Cfr. J. Ruiz Calonge, *História de la literatura catalana,* Barcelona, 1954, p. 329.

PANDURO

¡Pasito;
Que estamos en concejo!

BERROCAL

No soy nada
Melindroso ni puerco; sólo digo
Que no se me malogre mi justicia,   185
Que echaré el bodegón por la ventana.

BACHILLER

¿Amenazas aquí? Por vida mía,
Mi señor Berrocal, que valen poco.
¿Qué sabe Pedro Rana?

RANA

Como Rana,
Habré de cantar mal; pero, con todo,   190
Diré mi condición, y no mi ingenio.
Yo, señores, si acaso fuese alcalde,
Mi vara no sería tan delgada
Como las que se usan de ordinario:
De una encina o de un roble la haría,   195
Y gruesa de dos dedos, temeroso
Que no me la encorvase el dulce peso
De un bolsón de ducados, ni otras dádivas,
O ruegos, o promesas, o favores,
Que pesan como plomo, y no se sienten   200
Hasta que os han brumado las costillas
Del cuerpo y alma; y, junto con aquesto,
Sería bien criado y comedido,
Parte severo y nada riguroso;
Nunca deshonraría al miserable   205
Que ante mí le trujesen sus delitos;
Que suele lastimar una palabra
De un juëz arrojado, de afrentosa,
Mucho más que lastima su sentencia,

Aunque en ella se intime cruel castigo.   210
No es bien que el poder quite la crianza,
Ni que la sumisión de un delincuente
Haga al juez soberbio y arrogante.

ALGARROBA

¡Vive Dios, que ha cantado nuestra Rana
Mucho mejor que un cisne cuando muere!   215

PANDURO

Mil sentencias ha dicho censorinas.

ALGARROBA

De Catón Censorino; bien ha dicho
El regidor Panduro.

PANDURO

¡Reprochadme!

ALGARROBA

Su tiempo se vendrá.

ESCRIBANO

Nunca acá venga.
¡Terrible inclinación es, Algarroba,   220
La vuestra en reprochar!

ALGARROBA

No más, so escriba.

ESCRIBANO

¿Qué *escriba,* fariseo?

BACHILLER

¡Por San Pedro,
Que son muy demasiadas demasías
Estas!

ALGARROBA

Yo me burlaba.

ESCRIBANO

Y yo me burlo.

BACHILLER

Pues no se burlen más, por vida mía.   225

ALGARROBA

Quien miente, miente.

ESCRIBANO

Y quien verdad pronuncia,
Dice verdad.

ALGARROBA

Verdad.

ESCRIBANO

Pues punto en boca.

HUMILLOS

Esos ofrecimientos que ha hecho Rana,
Son desde lejos. A fé, que si él empuña
Vara, que él se trueque y sea otro hombre   230
Del que ahora parece.

BACHILLER

Está de molde
Lo que Humillos ha dicho.

HUMILLOS

                Y más añado:
Que, si me dan la vara, verán cómo
No me mudo ni trueco, ni me cambio.

BACHILLER

Pues veis aquí la vara, y haced cuenta
Que sois alcalde ya.

ALGARROBA

                ¡Cuerpo del mundo!   235
¿La vara le dan zurda?

HUMILLOS

                ¿Cómo zurda?

ALGARROBA

Pues ¿no es zurda esta vara? Un sordo o mudo
Lo podrá echar de ver desde una legua.

HUMILLOS

¿Cómo, pues, si me dan zurda la vara,
Quieren que juzgue yo derecho?

ESCRIBANO

                El diablo   240
Tiene en el cuerpo este Algarroba; ¡miren
Dónde jamás se han visto varas zurdas!

Entra uno.

UNO

Señores, aquí están unos gitanos
Con unas gitanillas milagrosas;
Y aunque la ocupación se les ha dicho   245

En que están sus mercedes, todavía
Porfían que han de entrar a dar solacio
A sus mercedes.

BACHILLER

Entren, y veremos
Si nos podrán servir para la fiesta
Del Corpus, de quien yo soy mayordomo.   250

PANDURO

Entren mucho en buen hora.

BACHILLER

Entren luego.

HUMILLOS

Por mí, ya los deseo.

JARRETE

Pues yo, pajas [12]

RANA

¿Ellos no son gitanos? pues adviertan
Que no nos hurten las narices.

UNO

Ellos,
Sin que los llamen, vienen; ya están dentro.   155

*Entran los músicos de gitanos, y dos gitanas bien ade-
rezadas, y al son deste romance, que han de cantar los
músicos, ellas dancen.*

---

[12] *Pues yo, pajas.* "Y yo, ¿pajas? Y fulano, ¿pajas? Da a entender
que tanto puede hacer como los otros" (*Correas*, p. 157).

MÚSICOS

"Reverencia os hace el cuerpo,
Regidores de Daganzo,
Hombres buenos de repente,
Hombres buenos de pensado;
De caletre prevenidos   260
Para proveer los cargos
Que la ambición solicita
Entre moros y cristianos.
Parece que os hizo el cielo,
El cielo, digo, estrellado,   265
Sansones para las letras,
Y para las fuerzas Bártulos."

JARRETE

Todo lo que se canta toca historia.

HUMILLOS

Ellas y ellos son únicos y ralos.

ALGARROBA

Algo tienen de espesos.

BACHILLER

Ea, *sufficit.*   270

MÚSICOS

"Como se mudan los vientos,
Como se mudan los ramos,
Que, desnudos en invierno,
Se visten en el verano,
Mudaremos nuestros bailes   275
Por puntos, y a cada paso,
Pues mudarse las mujeres
No es nuevo ni estraño caso.
¡Vivan de Daganzo los regidores,
Que parecen palmas, puesto que son robles!"   280

Bailan.

JARRETE

¡Brava trova, por Dios!

HUMILLOS

Y muy sentida.

BERROCAL

Estas se han de imprimir, para que quede
Memoria de nosotros en los siglos
De los siglos. Amén.

BACHILLER

Callen, si pueden.

MÚSICOS

"Vivan y revivan,   285
Y en siglos veloces
Del tiempo los días
Pasen con las noches,
Sin trocar la edad,
Que treinta años forme,   290
Ni tocar las hojas
De sus alcornoques.
Los vientos, que anegan
Si contrarios corren,
Cual céfiros blandos   295
En sus mares soplen.
¡Vivan de Daganzo los regidores,
Que palmas parecen, puesto que son robles!"

BACHILLER

El estribillo en parte me desplace;
Pero, con todo, es bueno.

JARRETE

Ea, callemos.   300

MÚSICOS

"Pisaré yo el polvico, [13]
A tan menudico,
Pisaré yo el polvó,
A tan menudó."

PANDURO

Estos músicos hacen pepitoria   305
De su cantar.

HUMILLOS

Son diablos los gitanos.

MÚSICOS

"Pisaré yo la tierra
Por más que esté dura,
Puesto que me abra en ella
Amor sepultura,   310
Pues ya mi buena ventura
Amor la pisó
A tan menudó.
Pisaré yo lozana
El más duro suelo,   315
Si en él acaso pisas
El mal que recelo;
Mi bien se ha pasado en vuelo,
Y el polvo dejó
A tan menudó."   320

Entra un Sota-Sacristán, muy mal endeliñado.

---

[13] *Pisaré yo el polvico.* "Canción que dio nombre al baile del
polvillo. Cervantes la vuelve a mencionar en el entremés del *Vizcaíno fingido* y ... en La *gitanilla* (Cotarelo, Emilio. *Colección de
entremeses,* I, p. CCLVII).

SACRISTÁN

Señores regidores, ¡voto a dico,
Que es de bellacos tanto pasatiempo!
¿Así se rige el pueblo, noramala,
Entre guitarras, bailes y bureos? [14]

BACHILLER

¡Agarradle, Jarrete!

JARRETE

Ya le agarro.   325

BACHILLER

Traigan aquí una manta; que, por Cristo,
Que se ha de mantear este bellaco,
Necio, desvergonzado e insolente,
Y atrevido además.

SACRISTÁN

¡Oigan, señores!

ALGARROBA

Volveré con la manta a las volandas.   330

Éntrase Algarroba.

SACRISTÁN

Miren que les intimo que soy présbiter.

BACHILLER

¿Tú presbítero, infame?

[14] *Bureo.* Voz francesa "bureau" que nos vino con la casa de
Borgoña. Mudando sentido tomó la acepción de chacota, regodeo.
Cfr. Gili Gaya, *Tesoro lexicográfico.*

SACRISTÁN

Yo presbítero;
O de prima tonsura, que es lo mismo.

PANDURO

Agora lo veredes, dijo Agrajes.

SACRISTÁN

No hay Agrajes aquí.

BACHILLER

Pues habrá grajos   335
Que te piquen la lengua y aun los ojos.

RANA

Dime, desventurado: ¿qué demonio
Se revistió en tu lengua? ¿Quién te mete
A ti en reprehender a la justicia?
¿Has tú de gobernar a la república?   340
Métete en tus campanas y en tu oficio.
Deja a los que gobiernan; que ellos saben
Lo que han de hacer, mejor que no nosotros.
Si fueren malos, ruega por su enmienda;
Si buenos, porque Dios no nos los quite.   345

BACHILLER

Nuestro Rana es un santo y un bendito.

Vuelve Algarroba; trae la manta.

ALGARROBA

No ha de quedar por manta.

BACHILLER

Asgan, pues, todos,
Sin que queden gitanos ni gitanas.
¡Arriba, amigos!

SACRISTÁN

    ¡Por Dios, que va de veras!
¡Vive Dios, si me enojo, que bonito   350
Soy yo para estas burlas! ¡Por San Pedro,
Que están descomulgados todos cuantos
Han tocado los pelos de la manta!

RANA

Basta, no más: aquí cese el castigo;
Que el pobre debe estar arrepentido.   355

SACRISTÁN

Y molido, que es más. De aquí adelante
Me coseré la boca con dos cabos
De zapatero.

RANA

    Aqueso es lo que importa.

BACHILLER

Vénganse los gitanos a mi casa;
Que tengo qué decilles.

GITANO

    Tras ti vamos.   360

BACHILLER

Quedarse ha la elección para mañana,
Y desde luego doy mi voto a Rana.

GITANO

¿Cantaremos, señor?

BACHILLER

    Lo que quisiéredes.

PANDURO

No hay quien cante cual nuestra Rana canta.

JARRETE

No solamente canta, sino encanta.

Éntranse cantando: "Pisaré yo el polvico".

IV

LA GUARDA CUIDADOSA

ENTREMÉS DE
LA GUARDA CUIDADOSA

Sale un Soldado a lo pícaro, con una muy mala banda
y un antojo,[1] *y detrás dél un mal Sacristán.*

SOLD. ¿Qué me quieres, sombra vana?

SAC. No soy sombra vana, sino cuerpo macizo.

SOL. Pues, con todo eso, por la fuerza de mi desgracia, te conjuro que me digas quién eres, y qué es lo que buscas por esta calle.

SAC. A eso te respondo, por la fuerza de mi dicha, que soy Lorenzo Pasillas, sota-sacristán desta parroquia, y busco en esta calle lo que hallo, y tú buscas y no hallas.

SOLD. ¿Buscas por ventura a Cristinica, la fregona desta casa?

SAC. *Tu dixisti.*

SOLD. Pues ven acá, sota-sacristán de Satanás.

SAC. Pues voy allá, caballo de Ginebra.[2]

SOLD. Bueno: sota y caballo; no falta sino el rey para tomar las manos. Ven acá, digo otra vez, ¿y tú

---

[1] *Un antojo.* "Tubo de lata, a modo de anteojo, en que el soldado llevaba guardada su documentación" (*Herrero*). A lo mismo alude caricaturalmente Quevedo, *La vida del Buscón*, ed. de F. Lázaro Carreter, Salamanca, 1965, p. 125. cuando el soldado "comenzó a sacar cañones de hoja de lata y a enseñarme papeles".

[2] *Caballo de Ginebra.* "Puede ser que el sacristán tilde de hereje al soldado, porque la misma censura late en muchas alusiones a Ginebra que se leen en nuestros clásicos" *(Bonilla)*.

no sabes, Pasillas, que pasado te vea yo con un chuzo, que Cristinica es prenda mía?

SAC. ¿Y tú no sabes, pulpo vestido,[3] que esa prenda la tengo yo rematada, que está por sus cabales y por mía?

SOLD. ¡Vive Dios, que te dé mil cuchilladas, y que te haga la cabeza pedazos!

SAC. Con las que le cuelgan desas calzas, y con los dese vestido, se podrá entretener, sin que se meta con los de mi cabeza.

SOLD. ¿Has hablado alguna vez a Cristina?

SAC. Cuando quiero.

SOLD. ¿Qué dádivas le has hecho?

SAC. Muchas.

SOLD. ¿Cuántas y cuáles?

SAC. Díle una destas cajas de carne de membrillo, muy grande, llena de cercenaduras de hostias, blancas como la misma nieve, y de añadidura cuatro cabos de velas de cera, asimismo blancas como un armiño.

SOLD. ¿Qué más le has dado?

SAC. En un billete envueltos, cien mil deseos de servirla.

SOLD. Y ella ¿como te ha correspondido?

SAC. Con darme esperanzas propincuas de que ha de ser mi esposa.

SOLD. Luego, ¿no eres de epístola?

SAC. Ni aun de completas. Motilón[4] soy, y puedo casarme cada y cuando me viniere en voluntad; y presto lo veredes.

SOLD. Ven acá, motilón arrastrado; respóndeme a esto que preguntarte quiero. Si esta mochacha ha correspondido tan altamente, lo cual yo no creo, a la miseria de tus dádivas, ¿cómo corresponderá a la gran-

---

[3] *Pulpo vestido.* "Cuando alguno trae el manto desharrapado por bajo y lleno de lodo, decimos trae más rabos que un pulpo" (*Covarrubias*). Cfr. *Rico, Guzmán de Alfarache*, p. 829 "con más rabos que un pulpo".

[4] *Motilón soy.* Pelón, no tonsurado, por no tener órdenes mayores de epístola o evangelio que exijan el celibato.

deza de las mías? Que el otro día le envié un billete
amoroso, escrito por lo menos en un revés de un memorial que di a su Majestad, significándole mis servicios y mis necesidades presentes; que no cae en men-
gua el soldado que dice que es pobre; el cual memorial
salió decretado y remitido al limosnero mayor; y, sin
atender a que sin duda alguna me podía valer cuatro
o seis reales, con liberalidad increíble, y con desenfado
notable, escribí en el revés dél, como he dicho, mi
billete; y sé que de mis manos pecadoras llegó a las
suyas casi santas.

SAC. ¿Hasle enviado otra cosa?

SOLD. Suspiros, lágrimas, sollozos, parasismos, desmayos, con toda la caterva de las demonstraciones necesarias que para descubrir su pasión los buenos enamorados usan, y deben de usar en todo tiempo y
sazón.

SAC. ¿Hasle dado alguna música concertada?

SOLD. La de mis lamentos y congojas, las de mis
ansias y pesadumbres.

SAC. Pues a mí me ha acontecido dársela con mis
campanas a cada paso; y tanto, que tengo enfadada a
toda la vecindad con el continuo ruido que con ellas
hago, sólo por darle contento y porque sepa que estoy
en la torre, ofreciéndome a su servicio; y, aunque
haya de tocar a muerto, repico a vísperas solenes.

SOLD. En eso me llevas ventaja, porque no tengo
qué tocar, [5] ni cosa que lo valga.

SAC. ¿Y de qué manera ha correspondido Cristina
a la infinidad de tantos servicios como le has hecho?

SOLD. Con no verme, con no hablarme, con mal-
decirme cuando me encuentra por la calle, con derra-
mar sobre mí las lavazas cuando jabona, y el agua de
fregar cuando friega; y esto es cada día, porque todos
los días estoy en esta calle y a su puerta; porque soy

---

5 *No tengo qué tocar.* Juego de palabras con tocar campanas y
tocar (cobrar) dinero. Acerca de esta significación segunda, ya
conocida por Torres Naharro, cfr. *Gillet, III*, p. 255.

su guarda cuidadosa; soy, en fin, el perro del horte-
lano, etcétera. Yo no la gozo, ni ha de gozarla ninguno mientras yo viviere: por eso, váyase de aquí el
señor sota-sacristán; que, por haber tenido y tener respeto a las órdenes que tiene, no le tengo ya rompidos
los cascos.

SAC. A rompérmelos como están rotos esos vestidos,
bien rotos estuvieran.

SOLD. El hábito no hace al monje; y tanta honra
tiene un soldado roto por causa de la guerra, como la
tiene un colegial con el manto hecho añicos, porque
en él se muestra la antigüedad de sus estudios; ¡y
váyase, que haré lo que dicho tengo!

SAC. ¿Es porque me ve sin armas? Pues espérese
aquí, señor guarda cuidadosa, y verá quién es Callejas. [6]

SOLD. ¿Qué puede ser un Pasillas?

SAC. Ahora lo veredes, dijo Agrajes. [7]

Éntrase el Sacristán.

SOLD. ¡Oh mujeres, mujeres, todas, o las más, mu-
dables y antojadizas! ¿Dejas, Cristina, a esta flor, a
este jardín de la soldadesca, y acomódaste con el mu-
ladar de un sota-sacristán, pudiendo acomodarte con
un sacristán entero, y aun con un canónigo? Pero yo
procuraré que te entre en mal provecho, si puedo,
aguando tu gusto, con ojear [8] desta calle y de tu puerta
los que imaginare que por alguna vía pueden ser tus
amantes; y así vendré a alcanzar nombre de la guarda
cuidadosa.

[6] *Verá quién es Callejas.* Sobre este fantasma fraseológico cfr.
Luis Montoto, *Personajes, personas y personillas que corren por las
tierras de ambas Castillas,* Sevilla, 1921, I, pp. 160-161.
[7] *Agora lo veredes, dijo Agrajes.* Agrajes es personaje del Ama-
dís de Gaula. Cfr. L. Montoto, *obra cit.* I, pp. 31-33; M. Bataillon,
"Agrajes sin obras" en *Studi Ispanici,* t. I, Milán, Feltrinelli, 1962,
pp. 29-35.
[8] *Ojear.* Todavía *Autoridades* distingue ortográficamente *ojear*
"mirar" y *oxear* "espantar y ahuyentar".

*Entra un Mozo con su caja y ropa verde, como estos
que piden limosna para alguna imagen.*

Mozo. Den por Dios, para la lámpara del aceite
de señora Santa Lucía, que les guarde la vista de los
ojos. ¡Ha de casa! ¿Dan limosna?

Sold. Hola, amigo Santa Lucía, venid acá: ¿qué
es lo que queréis en esa casa?

Mozo. ¿Ya vuesa merced no lo ve? Limosna para
la lámpara del aceite de señora Santa Lucía.

Sold. ¿Pedís para la lámpara, o para el aceite de
la lámpara? [9] Que, como decís: limosna para la lámpara del aceite, parece que la lámpara es del aceite, y
no el aceite de la lámpara.

Mozo. Ya todos entienden que pido para aceite de
la lámpara, y no para la lámpara del aceite.

Sold. ¿Y suelen-os dar limosna en esta casa?

Mozo. Cada día dos maravedís.

Sold. ¿Y quién sale a dároslos?

Mozo. Quien se halla más a mano; aunque las más
veces sale una fregoncita que se llama Cristina, bonita
como un oro.

Sold. Así que ¿es la fregoncita bonita como un
oro?

Mozo. ¡Y como unas pelras!

Sold. ¿De modo que no os parece mal a vos la
muchacha?

Mozo. Pues, aunque yo fuera hecho de leño no pudiera parecerme mal.

Sold. ¿Cómo os llamáis? Que no querría volveros
a llamar Santa Lucía.

Mozo. Yo, señor, Andrés me llamo.

Sold. Pues, señor Andrés, esté en lo que quiero
decirle: tome este cuarto de a ocho, y haga cuenta
que va pagado por cuatro días de la limosna que le

---

9 *¿Pedís para la lámpara o para el aceite de la lámpara?* El
chiste se encuentra ya en Lope de Rueda, *Obras*, "El deleitoso".
paso 2.º, t. II, pp. 166-167.

dan en esta casa, y suele recebir por mano de Cristina; y váyase con Dios, y séale aviso que por cuatro días no vuelva a llegar a esta puerta ni por lumbre, que le romperé las costillas a coces.

MOZO. Ni aun volveré en este mes, si es que me acuerdo; no tome vuesa merced pesadumbre, que ya me voy. *(Vase.)*

SOLD. ¡No, sino dormíos, guarda cuidadosa!

Entra otro Mozo, vendiendo y pregonando tranzaderas, holanda, (de) cambray, randas de Flandes, y hilo portugués. [10]

UNO. ¿Compran tranzaderas, randas de Flandes, holanda, cambray, hilo portugués?

Cristina, a la ventana.

CRIST. Hola, Manuel: ¿traéis vivos para unas camisas?

UNO. Sí traigo, y muy buenos.

CRIST. Pues entrá; que mi señora los ha menester.

SOLD. ¡Oh estrella de mi perdición, antes que norte de mi esperanza! — Tranzaderas, o como os llamáis, ¿conocéis aquella doncella que os llamó desde la ventana?

UNO. Sí conozco; pero, ¿por qué me lo pregunta vuesa merced?

SOLD. ¿No tiene muy buen rostro y muy buena gracia?

UNO. A mí así me lo parece.

SOLD. Pues también me parece a mí que no entre dentro desa casa; si no, ¡por Dios de molelle los huesos, sin dejarle ninguno sano!

[10] *Hilo portugués.* Manuel, nombre entonces tan raro en Castilla como frecuente en Portugal, parece ser un buhonero portugués. Acerca del *hilo portugués,* famoso en Europa y mentado en un juego infantil español, cfr. Carolina Michaëlis, *Revista Lusitana,* t. I, 1887-1889, p. 63.

UNO. Pues ¿no puedo yo entrar adonde me llaman para comprar mi mercadería?

SOLD. ¡Vaya, no me replique, que haré lo que digo, y luego!

UNO. ¡Terrible caso! Pasito, señor soldado, que ya me voy. *(Vase Manuel.)*

Cristina, a la ventana.

CRIST. ¿No entras, Manuel?

SOLD. Ya se fué Manuel, señora la de los vivos, y aun señora la de los muertos, porque a muertos y a vivos tienes debajo de tu mando y señorío.

CRIST. ¡Jesús, y qué enfadoso animal! ¿Qué quieres en esta calle y en esta puerta?

Éntrase Cristina.

SOLD. Encubrióse y púsose mi sol detrás de las nubes.

Entra un Zapatero con unas chinelas pequeñas nuevas en la mano, y, yendo a entrar en casa de Cristina, detiénele el soldado.

SOLD. Señor bueno, ¿busca vuesa merced algo en esta casa?

ZAP. Sí busco.

SOLD. ¿Y a quién, si fuere posible saberlo?

ZAP. ¿Por qué no? Busco a una fregona que está en esta casa, para darle estas chinelas que me mandó hacer.

SOLD. ¿De manera que vuesa merced es su zapatero?

ZAP. Muchas veces la he calzado.

SOLD. ¿Y hale de calzar ahora estas chinelas?

ZAP. No será menester; si fueran zapatillos de hombre, como ella los suele traer, sí calzara.

SOLD. ¿Y éstas, están pagadas, o no?

ZAP. No están pagadas; que ella me las ha de pagar agora.

SOLD. ¿No me haría vuesa merced una merced, que sería para mí muy grande, y es, que me fiase estas chinelas, dándole yo prendas que lo valiesen, hasta desde aquí a dos días, que espero tener dineros en abundancia?

ZAP. Sí haré, por cierto; venga la prenda, que, como soy pobre oficial, no puedo fiar a nadie.

SOLD. Yo le daré a vuesa merced un monda-dientes, que le estimo en mucho, y no le dejaré por un escudo. ¿Dónde tiene vuesa merced la tienda, para que vaya a quitarle?

ZAP. En la calle Mayor, en un poste de aquéllos, y llámome Juan Juncos.

SOLD. Pues, señor Juan Juncos, el monda-dientes es éste, y estímele vuesa merced en mucho, porque es mío.

ZAP. Pues una biznaga[11] que apenas vale dos maravedís, ¿quiere vuesa merced que estime en mucho?

SOLD. ¡Oh pecador de mí! no la doy yo sino para recuerdo de mí mismo; porque, cuando vaya a echar mano a la faldriquera, y no halle la biznaga, me venga a la memoria que la tiene vuesa merced y vaya luego a quitalla; sí, a fe de soldado, que no la doy por otra cosa; pero, si no está contento con ella, añadiré está banda y este antojo; que al buen pagador no le duelen prendas.

ZAP. Aunque zapatero, no soy tan descortés que tengo de despojar a vuesa merced de sus joyas y preseas; vuesa merced se quede con ellas, que yo me quedaré con mis chinelas, que es lo que me está más a cuento.

---

[11] *Biznaga.* "Usábanse los mondadientes de biznaga, de lentisco, de cañones de pluma y también de plata y de oro" *(Bonilla)* ¿Sería de plata el de nuestro soldado? Hasta hace poco los mondadientes, además de utilitarios, eran decorativos. El poeta Goethe compraba los suyos en Portugal, donde ciertas aldeas los fabrican barrocos para coleccionistas.

SOLD. ¿Cuántos puntos tienen?

ZAP. Cinco escasos.

SOLD. Más escaso soy yo, chinelas de mis entrañas, pues no tengo seis reales para pagaros. ¡Chinelas de mis entrañas!—Escuche vuesa merced, señor zapatero, que quiero glosar aquí de repente este verso, que me ha salido medido:

> *Chinelas de mis entrañas.*

ZAP. ¿Es poeta vuesa merced?

SOLD. Famoso, y agora lo verá; estéme atento.

> *Chinelas de mis entrañas.*

GLOSA

> Es amor tan gran tirano,
> Que, olvidado de la fe
> Que le guardo siempre en vano,
> Hoy, con la funda de un pie,
> Da a mi esperanza de mano.
>   Estas son vuestras hazañas,
> Fundas pequeñas y hurañas;
> Que ya mi alma imagina
> Que sois, por ser de Cristina,
> *Chinelas de mis entrañas.*

ZAP. A mí poco se me entiende de trovas; pero éstas me han sonado tan bien, que me parecen de Lope, [12] como lo son todas las cosas que son o parecen buenas.

---

[12] *De Lope*. En la frase "De Lope, como lo son todas cosas que son o parecen buenas" ve F. Márquez Villanueva una intención irónica frente al gran dramaturgo. *Correas*, p. 142: "Es de Lope. Para decir que una cosa es buena. Lo dijo el vulgo por las comedias de Lope de Vega, cuyo verso es más fácil y llano que de otros".

SOLD. Pues, señor, ya que no lleva remedio de fiarme estas chinelas, que no fuera mucho, y más sobre tan dulces prendas, por mi mal halladas, [13] llévelo, a lo menos, de que vuesa merced me las guarde hasta desde aquí a dos días, que yo vaya por ellas; y por ahora, digo, por esta vez, el señor zapatero no ha de ver ni hablar a Cristina.

ZAP. Yo haré lo que me manda el señor soldado, porque se me trasluce de qué pies cojea, que son dos: el de la necesidad y el de los celos.

SOLD. Ese no es ingenio de zapatero, sino de colegial trilingüe. [14]

ZAP. ¡Oh celos, celos, cuán mejor os llamaran duelos, duelos!

Éntrase el zapatero.

SOLD. No, sino no seáis guarda, y guarda cuidadosa, y veréis cómo se os entran mosquitos en la cueva donde está el licor de vuestro contento. Pero ¿qué voz es ésta? sin duda es la de mi Cristina, que se desenfada cantando, cuando barre o friega.

Suenan dentro platos, como que friegan, y cantan:

Sacristán de mi vida,
tenme por tuya,
y, fiado en mi fe,
canta *alleluia.* [15]

---

[13] *Dulces prendas por mi mal halladas.* El verso primero del soneto X de Garcilaso de la Vega "O dulces prendas por mi mal halladas" (*Obras completas*, ed. de Elias L. Rivers, Castalia, 1964, p. 12), se había convertido en dicho alado, de sabor irónico, repetido en muchos entremeses.

[14] *Colegial Trilingüe.* El Colegio Trilingüe de Alcalá —donde se enseñaba hebreo y griego además de latín— fue fundado en 1528. Cfr. M. Bataillon, *Erasmo y España*, 2.ª edición, México, 1966, pp. 343-344.

[15] *Sacritán de mi vida.* Como ha observado Márquez Villanueva, "Tradición y actualidad literaria en *La guarda cuidadosa*". *Hispanic Review*, XXXIII, 1965, p. 33, se trata casi literalmente de una se-

SOLD.   ¡Oídos que tal oyen! sin duda el sacristán
debe de ser el brinco de su alma. ¡Oh platera la más
limpia que tiene, tuvo o tendrá el calendario de las
fregonas! ¿Por qué, así como limpias esa loza talaveril
que traes entre las manos, y la vuelves en bruñida y
tersa plata, no limpias esa alma de pensamientos bajos
y sota-sacristaniles?

Entra el Amo de Cristina.

AMO.   Galán, ¿qué quiere o qué busca a esta puerta?

SOLD.   Quiero más de lo que sería bueno, y busco
lo que no hallo; pero ¿quién es vuesa merced, que me lo
pregunta?

AMO.   Soy el dueño desta casa.

SOLD.   ¿El amo de Cristinica?

AMO.   El mismo.

SOLD.   Pues lléguese vuesa merced a esta parte, y
tome este envoltorio de papeles; y advierta que ahí
dentro van las informaciones de mis servicios, con veinte
y dos fees de veinte y dos generales, debajo de cuyos
estandartes he servido, amén de otras treinta y cuatro
de otros tantos maestres de campo, que se han dig-
nado de honrarme con ellas.

AMO.   ¡Pues no ha habido, a lo que yo alcanzo, tantos generales ni maestres de campo de infantería española de cien años a esta parte!

SOLD.   Vuesa merced es hombre pacífico, y no está
obligado a entendérsele mucho de las cosas de la guerra; pase los ojos por esos papeles, y verá en ellos,
unos sobre otros, todos los generales y maestres de
campo que he dicho.

AMO.   Yo los doy por pasados y vistos; pero, ¿de
qué sirve darme cuenta desto?

guidilla de moda que Foulché-Delbosc recogió de un manuscrito:
"Al entrar en la iglesia / dixe: Aleluya, / sacristán de mi alma,
/ toda soy tuya".

SOLD. De que hallará vuesa merced por ellos ser
posible ser verdad una que agora diré, y es, que estoy
consultado en uno de tres castillos y plazas, que están
vacas en el reino de Nápoles; conviene a saber: Gaeta,
Barleta y Rijobes.

AMO. Hasta agora, ninguna cosa me importa a mí
estas relaciones que vuesa merced me da.

SOLD. Pues yo sé que le han de importar, siendo
Dios servido.

AMO. ¿En qué manera?

SOLD. En que, por fuerza, si no se cae el cielo, tengo
de salir proveído en una destas plazas, y quiero casarme
agora con Cristinica; y, siendo yo su marido, puede
vuesa merced hacer de mi persona y de mi mucha hacienda como cosa propria; que no tengo de mostrarme
desagradecido a la crianza que vuesa merced ha hecho
a mi querida y amada consorte.

AMO. Vuesa merced lo ha de los cascos, [16] más que
de otra parte.

SOLD. Pues ¿sabe cuánto le va, señor dulce? Que
me la ha de entregar luego, luego, o no ha de atravesar
los umbrales de su casa.

AMO. ¡Hay tal disparate! ¿Y quién ha de ser bastante para quitarme que no entre en mi casa?

*Vuelve el Sota-sacristán Pasillas, armado con un tapador
de tinaja y una espada muy mohosa; viene con él
otro Sacristán, con un morrión y una vara
o palo, atado a él un rabo de zorra.*

SAC. ¡Ea, amigo Grajales, que éste es el turbador
de mi sosiego!

GRAJ. No me pesa sino que traigo las armas ende-
bles y algo tiernas; que ya le hubiera despachado al
otro mundo a toda diligencia.

---

[16] *Lo ha de los cascos. Correas*, ρ. 598: "Halo de la cabeza.
Notando a uno de poco juicio" "Halo de la mollera" "Halo del
carcañal".

AMO.   Ténganse, gentiles hombres; ¿qué desmán y qué acecinamiento es éste?

SOLD.   Ladrones, ¿a traición y en cuadrilla? Sacristanes falsos, voto a tal que os tengo que horadar, aunque tengáis más órdenes que un Ceremonial. [17] Cobarde, ¿a mí con rabo de zorra? [18] ¿Es notarme de borracho, o piensas que estás quitando el polvo a alguna imagen de bulto?

GRAJ.   No pienso sino que estoy ojeando los mosquitos de una tinaja de vino.

A la ventana Cristina y su ama.

CRIST.   ¡Señora, señora, que matan a mi señor! Más de dos mil espadas están sobre él, que relumbran, que me quitan la vista.

ELLA.   Dices verdad, hija mía; Dios sea con él; santa Úrsola, con las once mil vírgines, sea en su guarda. Ven, Cristina, y bajemos a socorrerle como mejor pudiéremos.

AMO.   Por vida de vuesas mercedes, caballeros, que se tengan, y miren que no es bien usar de superchería [19] con nadie.

SOLD.   Tente, rabo, y tente, tapadorcillo; no acabéis de despertar mi cólera, que, si la acabo de despertar, os mataré, y os comeré, y os arrojaré por la puerta falsa dos leguas más allá del infierno.

AMO.   Ténganse, digo; si no, por Dios que me descomponga de modo que pese a alguno.

SOLD.   Por mí, tenido soy; que te tengo respeto, por la imagen que tienes en tu casa.

---

17   *Más órdenes que un Ceremonial.* Palau registra (Manual, III, p. 383) títulos de la época aquí parodiados, p. e. "Ceremonial de la Orden de Descalzos" "Ceremonial de la Orden de la Santísima Trinidad" etc.

18   Como dice *Herrero* un palo con un rabo de zorra en la punta servía para limpiar el polvo. Otra acepción de *zorra* era la de *borrachera.*

19   *Superchería.* Italianismo, de *superchieria* "vejación, demasía". Cfr. Terlingen, *Los italianismos en español,* p. 313.

Sac. Pues, aunque esa imagen haga milagros, no os ha de valer esta vez.

Sold. ¿Han visto la desvergüenza deste bellaco, que me viene a hacer cocos con un rabo de zorra, no habiéndome espantado ni atemorizado tiros mayores que el de Dio, que está en Lisboa? [20]

Entran Cristina y su Señora.

Ella. ¡Ay, marido mío! ¿Estáis, por desgracia, herido, bien de mi alma?

Crist. ¡Ay desdichada de mí! Por el siglo de mi padre, que son los de la pendencia mi sacristán y mi soldado.

Sold. Aun bien que voy a la parte con el sacristán; que también dijo: "mi soldado".

Amo. No estoy herido, señora, pero sabed que toda esta pendencia es por Cristinica.

Ella. ¿Cómo por Cristinica?

Amo. A lo que yo entiendo, estos galanes andan celosos por ella.

Ella. Y ¿es esto verdad, muchacha?

Crist. Sí, señora.

[20] *Tiros mayores que el de Dio que está en Lisboa.* Según João de Barros, *Década IV*, libro VIII, cap. VII, pp. 380-381 (Lisboa, 1777), fue uno de los "tres basiliscos de admiravel grandeza, dos quaes hum que fora do Soltam de Babylonia que Rumechan trouxe quando veio a Dio, por ser peça notavel, Nuno da Cunha mandou a El Rey de Portugal". Juan Bautista Lavanha, que, por orden de Felipe III publicó en Madrid, 1615, la primera impresión de esta *Quarta Década*, puso al pie la nota siguiente: "He o que hoje está no Castello de Lisboa, a que chamam Tiro de Dio". Fue, por tanto tomada a los turcos y su aliado el Rey de Cambaya, por António da Silveira en el heroico cerco de Diu de 1538. Según Diogo de Couto, *Década VI*, libro IV, cap. I, el tiro de Dio se encontraba en la fortaleza de S. Julián sobre el Tajo: "Aquella grande medonha e temerosa que hoje está na fortaleza de São Gião na barra de Lisboa" (p. 264 de la edición de Lisboa, 1781). Su fama ha dejado rastro: está reproducida en viejos libros de artillería y de viajes. Puede verse en David Lopes e F. M. Esteves Pereira, *A peça de Diu.* Memória apresentada á X sessão do Congresso Internacional dos Orientalistas, Lisboa, 1892. Cervantes que la admiró en la primavera de 1581, a la vuelta del cautiverio, la recordaba 30 años después.

ELLA.   ¡Mirad con qué poca vergüenza lo dice! y ¿háte deshonrado alguno dellos?

CRIST.   Sí, señora.

ELLA.   ¿Cuál?

CRIST.   El sacristán me deshonró el otro día, cuando fuí al Rastro. [21]

ELLA.   ¿Cuántas veces os he dicho yo, señor, que no saliese esta muchacha fuera de casa, que ya era grande, y no convenía apartarla de nuestra vista? ¿Qué dirá ahora su padre, que nos la entregó limpia de polvo y de paja? Y ¿dónde te llevó, traidora, para deshonrarte?

CRIST.   A ninguna parte, sino allí en mitad de la calle.

ELLA.   ¿Cómo en mitad de la calle?

CRIST.   Allí, en mitad de la calle de Toledo, a vista de Dios y de todo el mundo, me llamó de sucia y de deshonesta, de poca vergüenza y menos miramiento, y otros muchos baldones deste jaez; y todo por estar celoso de aquel soldado.

AMO.   Luego ¿no ha pasado otra cosa entre ti ni él, sino esa deshonra que en la calle te hizo?

CRIST.   No por cierto, porque luego se le pasa la cólera.

ELLA.   El alma se me ha vuelto al cuerpo, que le tenía ya casi desamparado.

CRIST.   Y más, que todo cuanto me dijo fué confiado en esta cédula que me ha dado de ser mi esposo, que la tengo guardada como oro en paño.

AMO.   Muestra, veamos.

ELLA.   Leedla alto, marido.

AMO.   Así dice: "Digo yo, Lorenzo Pasillas, sota-"sacristán desta parroquia, que quiero bien, y muy bien, "a la señora Cristina de Parrazes; y en fee desta ver-"dad, le di ésta, firmada de mi nombre, fecha en

_____

21 *Rastro.* Matadero. En *La cueva de Salamanca* el estudiante promete callar aunque vea "matar ... más hombres que carneros en el Rastro".

"Madrid, en el cimenterio de San Andrés, a seis de Mayo
"deste presente año de mil y seiscientos y once. Testigos:
"mi corazón, mi entendimiento, mi voluntad y mi me-
"moria.—LORENZO PASILLAS."

¡Gentil manera de cédula de matrimonio!

SAC.   Debajo de decir que la quiero bien, se incluye
todo aquello que ella quisiese que yo haga por ella,
porque, quien da la voluntad, lo da todo.

AMO.   Luego, si ella quisiese, ¿bien os casaríades
con ella?

SAC.   De bonísima gana, aunque perdiese la especta-
tiva de tres mil maravedís de renta, que ha de fundar
agora sobre mi cabeza una agüela mía, según me han
escrito de mi tierra.

SOLD.   Si voluntades se toman en cuenta, treinta y
nueve días hace hoy que, al entrar de la Puente Sego-
viana, di yo a Cristina la mía, con todos los anejos
a mis tres potencias; y, si ella quisiere ser mi esposa,
algo irá a decir de ser castellano de un famoso castillo,
a un sacristán no entero, sino medio, y aun de la mitad
le debe de faltar algo.

AMO.   ¿Tienes deseo de casarte, Cristinica?

CRIST.   Sí tengo.

AMO.   Pues escoge, destos dos que se te ofrecen, el
que más te agradare.

CRIST.   Tengo vergüenza.

ELLA.   No la tengas, porque el comer y el casar ha
de ser a gusto proprio, y no a voluntad ajena.

CRIST.   Vuesas mercedes, que me han criado, me
darán marido como me convenga; aunque todavía
quisiera escoger.

SOLD.   Niña, échame el ojo; mira mi garbo; soldado
soy, castellano pienso ser; brío tengo de corazón; soy
el más galán hombre del mundo; y, por el hilo deste
vestidillo, podrás sacar el ovillo de mi gentileza.

SAC.   Cristina, yo soy músico, aunque de campanas;

para adornar una tumba [22] y colgar una iglesia para
fiestas solenes, ningún sacristán me puede llevar ventaja; y estos oficios bien los puedo ejercitar casado, y
ganar de comer como un príncipe.

AMO.   Ahora bien, muchacha: escoge de los dos el
que te agrada; que yo gusto dello, y con esto pondrás
paz entre dos tan fuertes competidores.

SOLD.   Yo me allano.

SAC.   Y yo me rindo.

CRIST.   Pues escojo al sacristán.

Han entrado los músicos.

AMO.   Pues llamen esos oficiales de mi vecino el
barbero, para que con sus guitarras y voces nos entremos a celebrar el desposorio, cantando y bailando; y
el señor soldado será mi convidado.

SOLD.   Acepto:

> *Que, donde hay fuerza de hecho,*
> *Se pierde cualquier derecho.*

MÚS.   Pues hemos llegado a tiempo, este será el
estribillo de nuestra letra.

Cantan el estribillo.

SOLD.   Siempre escogen las mujeres
             Aquello que vale menos,
             Porque excede su mal gusto   5
             A cualquier merecimiento.
             Ya no se estima el valor,
             Porque se estima el dinero,
             Pues un sacristán prefieren
             A un roto soldado lego;   10
             Mas no es mucho, que ¿quién vió

---

[22] *Tumba.* No las del cementerio, sino el armazón en forma de
ataúd usado en los funerales, revestido de paños negros.

Que fué su voto tan necio,
Que a sagrado se acogiese,
Que es de delincuentes puerto?

Que a donde hay fuerza, etc.   15

SAC.   Como es proprio de un soldado
Que es sólo en los años viejo,
Y se halla sin un cuarto
Porque ha dejado su tercio,
Imaginar que ser puede   20
Pretendiente de Gaiferos, [23]
Conquistando por lo bravo
Lo que yo por manso adquiero,
No me afrentan tus razones,
Pues has perdido en el juego;   25
Que siempre un picado tiene
Licencia para hacer fieros.

Que a donde, etc.

Éntranse cantando y bailando.

---

[23] *Pretendiente de Gaiferos.* Gaiferos, el héroe del romancero, a
fuerza de ser celebrado acabó en manos del ridículo como prototipo
de galanes atildados y melindrosos. Es héroe burlesco de tres entremeses: el de *Melisendra* anónimo (Cotarelo, *Col. de Entremeses,*
I, 105-111) y dos atribuidos a Quiñones de Benavente: *Don Gaiferos,*
que no parece de él, y *Don Gaiferos y las busconas de Madrid*
(cfr. Hannah E. Bergman, *Luis Quiñones de Benavente y sus entremeses,* Madrid, Castalia, 1965, pp. 403-404).

V

EL VIZCAÍNO FINGIDO

[V]

ENTREMÉS DEL
VIZCAÍNO FINGIDO

Entran Solórzano y Quiñones.

SOL. Estas son las bolsas, y, a lo que parecen, son bien parecidas, y las cadenas que van dentro, ni más ni menos; no hay sino que vos acudáis con mi intento; que, a pesar de la taimería desta sevillana, ha de quedar esta vez burlada.

QUIÑ. ¿Tanta honra se adquiere, o tanta habilidad se muestra en engañar a una mujer, que lo tomáis con tanto ahinco, y ponéis tanta solicitud en ello?

SOL. Cuando las mujeres son como éstas, es gusto el burlallas; cuanto más, que esta burla no ha de pasar de los tejados arriba; quiero decir, que ni ha de ser con ofensa de Dios, ni con daño de la burlada; que no son burlas las que redundan en desprecio ajeno.

QUIÑ. Alto; pues vos lo queréis, sea así; digo que yo os ayudaré en todo cuanto me habéis dicho, y sabré fingir tan bien como vos, que no lo puedo más encarecer. ¿Adónde vais agora?

SOL. Derecho en casa de la ninfa, y vos, no salgáis de casa; que yo os llamaré a su tiempo.

QUIÑ. Allí estaré clavado, esperando.

Éntranse los dos.

*Salen doña Cristina y doña Brígida: Cristina sin manto,
y Brígida con él, toda asustada y turbada.*

CRIST.   ¡Jesús! ¿Qué es lo que traes, amiga doña
Brígida, que parece que quieres dar el alma a su Ha-
cedor?

BRÍG.   Doña Cristina amiga, hazme aire, rocíame
con un poco de agua este rostro, que me muero, que
me fino, que se me arranca el alma. ¡Dios sea conmigo;
confesión a toda priesa!

CRIST.   ¿Qué es esto? ¡Desdichada de mí! ¿No
me dirás, amiga, lo que te ha sucedido? ¿Has visto alguna mala visión? ¿Hante dado alguna mala nueva de
que es muerta tu madre, o de que viene tu marido, o
hante robado tus joyas?

BRÍG.   Ni he visto visión alguna, ni se ha muerto
mi madre, ni viene mi marido, que aun le faltan tres
meses para acabar el negocio donde fué, ni me han
robado mis joyas; pero hame sucedido otra cosa peor.

CRIST.   Acaba, dímela, doña Brígida mía; que me
tienes turbada y suspensa hasta saberla.

BRÍG.   ¡Ay, querida! que también te toca a ti parte
deste mal suceso. Límpiame este rostro, que él y todo
el cuerpo tengo bañado en sudor más frío que la nieve.
¡Desdichadas de aquellas que andan en la vida libre,
que, si quieren tener algún poquito de autoridad, gran-
jeada de aquí o de allí, se la dejarretan y se la quitan
al mejor tiempo!

CRIST.   Acaba, por tu vida, amiga, y dime lo que
te ha sucedido, y qué es la desgracia de quien yo también tengo de tener parte.

BRÍG.   Y ¡cómo si tendrás parte! y mucha, si eres
discreta, como lo eres. Has de saber, hermana, que,
viniendo agora a verte, al pasar por la puerta de Guadalajara, [1] oí que, en medio de infinita justicia y gente,

---

[1] *Puerta de Guadalajara.* Centro comercial de Madrid, frecuen-
tado por las busconas y los desocupados. Cfr. Miguel Herrero,
Madrid en el teatro, Madrid, 1963, pp. 222-223.

estaba un pregonero, pregonando que quitaban los coches, y que las mujeres descubriesen los rostros por las calles.

CRIST. Y ¿esa es la mala nueva?

BRÍG. Pues para nosotras, ¿puede ser peor en el mundo?

CRIST. Yo creo, hermana, que debe de ser alguna reformación de los coches: [2] que no es posible que los quiten de todo punto; y será cosa muy acertada, porque, según he oído decir, andaba muy de caída la caballería en España, porque se empanaban diez o doce caballeros mozos en un coche, y azotaban las calles de noche y de día, sin acordárseles que había caballos y jineta [3] en el mundo; y, como les falte la comodidad de las galeras de la tierra, que son los coches, volverán al ejercicio de la caballería, con quien sus antepasados se honraron.

BRÍG. ¡Ay, Cristina de mi alma! que también oí decir que, aunque dejan algunos, es con condición que no se presten, ni que en ellos ande ninguna... ya me entiendes.

CRIST. Ese mal nos hagan: porque has de saber, hermana, que está en opinión, entre los que siguen la guerra, cuál es mejor, la caballería o la infantería, y hase averiguado que la infantería española lleva la gala a todas las naciones; y agora podremos las alegres

---

[2] *Reformación de los coches.* Cfr. Gil Ayuso, F. *Noticia bibliográfica de textos y disposiciones legales de los reinos de Castilla impresos en los siglos XVI y XVII*, Madrid, 1935, n.º 661 (4), *Premática acerca de las personas que se prohiben andar en coche...* 5 de enero de 1611. Cavaleri Pazos, en el *Rasguño* que precede a su edición de los entremeses, la resume así: "que ninguna muger públicamente mala de su cuerpo, pudiese andar en coche, carroza, litera, ni silla; que tampoco ningún hombre... se encochase sin licencia del Rey, etc.".

[3] *Caballos y jineta.* La decadencia de la jineta es tema de quejas y disposiciones legales desde fines del XVI. Cfr. Marqués de la Torrecilla, *Indice de bibliografía hípica española y portuguesa*, Madrid, 1921, *passim* especialmente pp. 31-32. Acerca de la jineta cfr. mi *Noticia* al fin de Fernán Chacón, *Tractado de la cauallería de la gineta*, Madrid, 1950 (facsímil del ejemplar único de la *princeps* de 1548).

mostrar a pie nuestra gallardía, nuestro garbo y nuestra bizarría, y más yendo descubiertos los rostros, quitando la ocasión de que ninguno se llame a engaño si nos sirviese, pues nos ha visto.

BRÍG.   ¡Ay, Cristina! no me digas eso, que linda cosa era ir sentada en la popa de un coche, llenándola de parte a parte, dando rostro a quien y como y cuando quería. Y, en Dios y en mi ánima te digo, que cuando alguna vez me le prestaban, y me vía sentada en él con aquella autoridad, que me desvanecía tanto, que creía bien y verdaderamente que era mujer principal, y que más de cuatro señoras de título pudieran ser mis criadas.

CRIST.   ¿Veis, doña Brígida, como tengo yo razón en decir que ha sido bien quitar los coches, siquiera por quitarnos a nosotras el pecado de la vanagloria? Y más, que no era bien que un coche igualase a las no tales con las tales; pues, viendo los ojos estranjeros a una persona en un coche, pomposa por galas, reluciente por joyas, echaría a perder la cortesía, haciéndosela a ella como si fuera a una principal señora; así que, amiga, no debes acongojarte, sino acomoda tu brío y tu limpieza, y tu manto de soplillo sevillano, y tus nuevos chapines, en todo caso, con las virillas de plata, y déjate ir por esas calles; que yo te aseguro que no falten moscas a tan buena miel, si quisieres dejar que a ti se lleguen; que engaño en más va que en besarla durmiendo. [4]

BRÍG.   Dios te lo pague, amiga, que me has consolado con tus advertimientos y consejos; y en verdad que los pienso poner en prática, y pulirme y repulirme, y dar el rostro a pie, y pisar el polvico a tan menudico, pues no tengo quien me corte la cabeza, que este que

---

[4] *Engaño... en besarla durmiendo.* "En ál va el engaño que no en besarla durmiendo" "Piensan que no hay más de llegar y besalla durmiendo" "Mas besalla durmiendo. A lo que quieren fácil". (*Correas*, pp. 120, 469, 534). Los *Refranes que dicen las viejas* la dan como alusiva a "la vitoria que es avida cautelosamente".

piensan que es mi marido, no lo es, aunque me ha dado palabra de serlo.

CRIST. ¡Jesús! ¿tan a la sorda y sin llamar se entra en mi casa, señor? ¿Qué es lo que vuestra merced manda?

Entra Solórzano.

SOL. Vuestra merced perdone el atrevimiento, que la ocasión hace al ladrón: hallé la puerta abierta, y entréme, dándome ánimo al entrarme, venir a servir a vuestra merced, y no con palabras, sino con obras; y, si es que puedo hablar delante desta señora, diré a lo que vengo, y la intención que traigo.

CRIST. De la buena presencia de vuestra merced, no se puede esperar sino que han de ser buenas sus palabras y sus obras. Diga vuestra merced lo que quisiere; que la señora doña Brígida es tan mi amiga, que es otra yo misma.

SOL. Con ese seguro y con esa licencia, hablaré con verdad; y con verdad, señora, soy un cortesano a quien vuestra merced no conoce.

CRIST. Así es la verdad.

SOL. Y ha muchos días que deseo servir a vuestra merced, obligado a ello de su hermosura, buenas partes y mejor término; pero estrechezas, que no faltan, han sido freno a las obras hasta agora, que la suerte ha querido que de Vizcaya me enviase un grande amigo mío a un hijo suyo, vizcaíno, muy galán, [5] para que yo le lleve a Salamanca y le ponga de mi mano en compañía que le honre y le enseñe. Porque, para decir la verdad a vuestra merced, él es un poco burro, y tiene algo de mentecapto; y añádesele a esto una tacha, que es lástima decirla, cuanto más tenerla, y es

---

5 *Vizcaíno muy galán.* Cfr. F. Yndurain, "El tema del vizcaíno en Cervantes", *Anales cervantinos*, I, 1951, pp. 337-343, donde muestra cómo Cervantes poseyó el don de remodelar y dar vida a personajes tópicos.

que se toma algún tanto, un si es no es, del vino;
pero no de manera que de todo en todo pierda el juicio,
puesto que se le turba; y, cuando está asomado, [6] y
aun casi todo el cuerpo fuera de la ventana, es cosa
maravillosa su alegría y su liberalidad: da todo cuanto
tiene a quien se lo pide y a quien no se lo pide; y
yo querría que, ya que el diablo se ha de llevar cuanto
tiene, aprovecharme de alguna cosa, y no he hallado
mejor medio que traerle a casa de vuestra merced,
porque es muy amigo de damas, y aquí le desollaremos
cerrado como a gato; y para principio traigo aquí a
vuestra merced esta cadena en este bolsillo, que pesa
ciento y veinte escudos de oro, la cual tomará vuestra
merced y me dará diez escudos agora, que yo he menester para ciertas cosillas, y gastará otros veinte en
una cena esta noche, que vendrá acá nuestro burro
o nuestro búfalo, que le llevo yo por el naso, [7] como
dicen, y, a dos idas y venidas, se quedará vuestra merced con toda la cadena, que yo no quiero más de los
diez escudos de ahora. La cadena es bonísima, y de
muy buen oro, y vale algo de hechura: héla aquí,
vuestra merced la tome.

CRIST.   Beso a vuestra merced las manos por la que
me ha hecho en acordarse de mí en tan provechosa
ocasión; pero, si he decir lo que siento, tanta liberalidad me tiene algo confusa y algún tanto sospechosa.

SOL.   Pues ¿de qué es la sospecha, señora mía?

CRIST.   De que podrá ser esta cadena de alquimia;
que se suele decir que no es oro todo lo que reluce.

SOL.   Vuestra merced habla discretísimamente; y no
en balde tiene vuestra merced fama de la más discreta
dama de la corte, y hame dado mucho gusto el ver
cuán sin melindres ni rodeos me ha descubierto su
corazón; pero para todo hay remedio, si no es para

---

[6]   *Asomado y aun fuera de la ventana.* "El que no está muy en
sí por haber empinado el codo con exceso" *(Bonilla).*
[7]   *Naso.* "*Naso* por *nariz* es término . burlesco tomado de otro
romance, seguramente del italiano" *(Corominas).*

la muerte. Vuestra merced se cubra su manto, o envíe, si tiene de quien fiarse, y vaya a la Platería, y en el contraste se pese y toque esa cadena, y cuando fuera fina, y de la bondad que yo he dicho, entonces vuestra merced me dará los diez escudos, harála una regalaría al borrico, y se quedará con ella.

CRIST. Aquí pared y medio tengo yo un platero mi conocido, que con facilidad me sacará de duda.

SOL. Eso es lo que yo quiero, y lo que amo y lo que estimo, que, las cosas claras, Dios las bendijo.

CRIST. Si es que vuestra merced se atreve a fiarme esta cadena, en tanto que me satisfago, de aquí a un poco podrá venir, que yo tendré los diez escudos en oro.

SOL. ¡Bueno es eso! Fío mi honra de vuestra merced, ¿y no le había de fiar la cadena? Vuestra merced la haga tocar y retocar; que yo me voy, y volveré de aquí a media hora.

CRIST. Y aun antes, si es que mi vecino está en casa.

Éntrase Solórzano.

BRÍG. Esta, Cristina mía, no sólo es ventura, sino venturón llovido. ¡Desdichada de mí! y ¡qué desgraciada que soy, que nunca topo quien me dé un jarro de agua, sin que me cueste mi trabajo primero! Sólo me encontré el otro día en la calle a un poeta, que de bonísima voluntad y con mucha cortesía me dió un soneto de la historia de Píramo y Tisbe, y me ofreció trecientos en mi alabanza.

CRIST. Mejor fuera que te hubieras encontrado con un ginovés que te diera trecientos reales.

BRÍG. ¡Sí por cierto; ahí están los ginoveses de manifiesto y para venirse a la mano, como halcones al señuelo! Andan todos malencónicos y tristes con el decreto. [8]

___

[8] *Malencónicos y tristes con el decreto.* Los genoveses, ya en tiempo de Felipe II, sustituyen como banqueros de España a los

CRIST. Mira, Brígida, desto quiero que estés cierta:
que vale más un ginovés quebrado, que cuatro poetas
enteros: mas ¡ay! el viento corre en popa; mi platero es éste. Y ¿qué quiere mi buen vecino? que a fe
que me ha quitado el manto de los hombros, que ya
me le quería cubrir para buscarle.

Entra el Platero.

PLAT. Señora doña Cristina, vuestra merced me ha
de hacer una merced, de hacer todas sus fuerzas por
llevar mañana a mi mujer a la comedia, que me conviene y me importa quedar mañana en la tarde libre
de tener quien me siga y me persiga.

CRIST. Eso haré yo de muy gana; y aun, si el señor
vecino quiere mi casa y cuanto hay en ella, aquí la
hallará sola y desembarazada; que bien sé en qué caen
estos negocios.

PLAT. No, señora; entretener a mi mujer me basta.
Pero ¿qué quería vuestra merced de mí, que quería ir
a buscarme?

CRIST. No más, sino que me diga el señor vecino
qué pesará esta cadena, y si es fina, y de qué quilates.

PLAT. Esta cadena he tenido yo en mis manos muchas veces, y sé que pesa ciento y cincuenta escudos
de oro de a veinte y dos quilates; y que si vuestra
merced la compra y se la dan sin hechura, no perderá
nada en ella.

CRIST. Alguna hechura me ha de costar, pero no
mucha.

---

alemanes dominantes en los días de Carlos V. Dura su predominio
hasta 1627, cuando el Conde-Duque de Olivares intenta reemplazarlos
por los hombres de negocios (conversos) portugueses. *Bonilla* sugiere
que la melancolía se origina de la medida gubernamental referida
en las *Relaciones* de Cabrera de Córdoba: "Hase mandado tomar el
dinero que viene de las Indias para S. M., y que no paguen de él
las consignaciones de los hombres de negocios" (25 octubre 1611).

PLAT. Mire cómo la concierta la señora vecina que yo le haré dar, cuando se quisiere deshacer della, diez ducados de hechura.

CRIST. Menos me ha de costar, si yo puedo; pero mire el vecino no se engañe en lo que dice de la fineza del oro y cantidad del peso.

PLAT. ¡Bueno sería que yo me engañase en mi oficio! Digo, señora, que dos veces la he tocado eslabón por eslabón, y la he pesado, y la conozco como a mis manos.

BRÍG. Con eso nos contentamos.

PLAT. Y por más señas, sé que la ha llegado a pesar y a tocar un gentil hombre cortesano, que se llama Tal de Solórzano.

CRIST. Basta, señor vecino; vaya con Dios, que yo haré lo que me deja mandado; yo la llevaré, y entretendré dos horas más, si fuese menester; que bien sé que no podrá dañar una hora más de entretenimiento.

PLAT. Con vuestra merced me entierren, que sabe de todo, y adiós, señora mía.

Éntrase el Platero.

BRÍG. ¿No haríamos con este cortesano Solórzano, que así se debe llamar sin duda, que trujese con el vizcaíno para mí alguna ayuda de costa, aunque fuese de algún borgoñón más borracho que un zaque?

CRIST. Por decírselo no quedará; pero vesle aquí vuelve: priesa trae; diligente anda; sus diez escudos le aguijan y espolean.

Entra Solórzano.

SOL. Pues, señora doña Cristina, ¿ha hecho vuestra merced sus diligencias? ¿Está acreditada la cadena?

CRIST. ¿Cómo es el nombre de vuestra merced, por su vida?

SOL. Don Esteban de Solórzano me suelen llamar en mi casa; pero, ¿por qué me lo pregunta vuestra merced?

CRIST. Por acabar de echar el sello a su mucha verdad y cortesía. Entretenga vuestra merced un poco a la señora doña Brígida, en tanto que entro por los diez escudos.

Éntrase Cristina.

BRÍG. Señor don Solórzano, ¿no tendrá vuestra merced por ahí algún mondadientes para mí? Que en verdad no soy para desechar, y que tengo yo tan buenas entradas y salidas en mi casa como la señora doña Cristina; que, a no temer que nos oyera alguna, le dijera yo al señor Solórzano más de cuatro tachas suyas: que sepa que tiene las tetas como dos alforjas vacías, y que no le huele muy bien el aliento, porque se afeita mucho; [9] y con todo eso la buscan, solicitan y quieren; que estoy por arañarme esta cara, más de rabia que de envidia, porque no hay quien me dé la mano, entre tantos que me dan del pie; en fin, la ventura de las feas.

SOL. No se desespere vuestra merced, que, si yo vivo, otro gallo cantará en su gallinero.

Vuelve a entrar Cristina.

CRIST. He aquí, señor don Esteban, los diez escudos, y la cena se aderezará esta noche como para un príncipe.

SOL. Pues nuestro burro está a la puerta de la calle, quiero ir por él; vuestra merced me le acaricie, aunque sea como quien toma una píldora.

---

[9] *Se afeita mucho.* "El afeite les come el lustre de la cara ... destruye los dientes y engendra un mal olor de boca" *(Covarrubias)*. Cfr. José Deleito Piñuela, *La casa y la moda. (En la España del rey poeta)*, Madrid, 1946, pp. 192-199.

Vase Solórzano.

BRÍG.   Ya le dije, amiga, que trujese quien me regalase a mí, y dijo que sí haría, andando el tiempo.

GRIST.   Andando el tiempo en nosotras, no hay quien nos regale; amiga, los pocos años traen la mucha ganancia, y los muchos, la mucha pérdida.

BRÍG.   También le dije cómo vas muy limpia, muy linda, y muy agraciada, y que toda eras ámbar, almizcle, y algalia entre algodones. [10]

CRIST.   Ya yo sé, amiga, que tienes muy buenas ausencias.

BRÍG.   [*Aparte.*] Mirad quién tiene amartelados; que vale más la suela de mi botín, que las arandelas de su cuello; otra vez vuelvo a decir: la ventura de las feas.

Entran Quiñones y Solórzano.

QUIÑ.   Vizcaíno, manos bésame vuestra merced, que mándeme.

SOL.   Dice el señor vizcaíno, que besa las manos de vuestra merced, y que le mande.

BRÍG.   ¡Ay, qué linda lengua! Yo no la entiendo a lo menos, pero paréceme muy linda.

CRIST.   Yo beso las de mi señor vizcaíno, y más adelante.

QUIÑ.   Pareces buena, hermosa; también noche esta cenamos; cadena quedas, duermes nunca, basta que doyla.

SOL.   Dice mi compañero que vuestra merced le parece buena y hermosa; que se apareje la cena: que él da la cadena, aunque no duerma acá, que basta que una vez la haya dado.

BRÍG.   ¿Hay tal Alejandro en el mundo? ¡Venturón, venturón, y cien mil veces venturón!

---

10   *Ambar, almizcle y algalia entre algodones.* "Tres perfumes de procedencia animal... de origen oriental y de fortísimo olor" (P. Palomo).

Sol. Si hay algún poco de conserva, y algún traguito del devoto [11] para el señor vizcaíno, yo sé que nos valdrá por uno ciento.

Crist. Y ¡cómo si lo hay! Y yo entraré por ello, y se lo daré mejor que al Preste Juan de las Indias.

Éntrase Cristina.

Quiñ. Dama que quedaste, tan buena como entraste.

Bríg. ¿Qué ha dicho, señor Solórzano?

Sol. Que la dama · que se queda, que es vuestra merced, es tan buena como la que se ha entrado.

Bríg. Y ¡cómo que está en lo cierto el señor vizcaíno! A fe que en este parecer que no es nada burro.

Quiñ. Burro el diablo; vizcaíno ingenio queréis cuando tenerlo.

Bríg. Ya le entiendo: que dice que el diablo es el burro, y que los vizcaínos, cuando quieren tener ingenio, le tienen.

Sol. Así es, sin faltar un punto.

Vuelve a salir Cristina con un criado o criada, que traen una caja de conserva, una garrafa con vino, su cuchillo, y servilleta.

Crist. Bien puede comer el señor vizcaíno, y sin asco: que todo cuanto hay en esta casa es la quinta esencia de la limpieza.

Quiñ. Dulce conmigo, vino y agua llamas bueno, santo le muestras, ésta le bebo y otra también.

Bríg. ¡Ay Dios, y con qué donaire lo dice el buen señor, aunque no le entiendo!

Sol. Dice que, con lo dulce, también bebe vino como agua: y que este vino es de San Martín, y que beberá otra vez.

---

11 *Traguito del devoto.* De vino del Santo, es decir de San Martín de Valdeiglesias. Cfr. Miguel Herrero, *La vida española del siglo XVII. I. Las bebidas*, Madrid, 1933.

CRIST. Y aun otras ciento; su boca puede ser medida.

SOL. No le den más, que le hace mal, y ya se le va echando de ver; que le he yo dicho al señor Azcaray que no beba vino en ningún modo, y no aprovecha.

QUIÑ. Vamos, que vino que subes y bajas, lengua es grillos y corma es pies; tarde vuelvo, señora, Dios que te guárdate.

SOL. ¡Miren lo que dice, y verán si tengo yo razón!

CRIST. ¿Qué es lo que ha dicho, señor Solórzano?

SOL. Que el vino es grillo de su lengua y corma de sus pies; que vendrá esta tarde, y que vuestras mercedes se queden con Dios.

BRÍG. ¡Ay pecadora de mí, y cómo que se le turban los ojos y se trastraba la lengua! ¡Jesús, que ya va dando traspiés! ¡Pues monta que ha bebido mucho! La mayor lástima es ésta que he visto en mi vida; ¡miren qué mocedad y qué borrachera!

SOL. Ya venía él refrendado de casa. Vuestra merced, señora Cristina, haga aderezar la cena, que yo le quiero llevar a dormir el vino, y seremos temprano esta tarde.

Éntranse el vizcaíno y Solórzano.

CRIST. Todo estará como de molde; vayan vuestras mercedes en hora buena.

BRÍG. Amiga Cristina, muéstrame esa cadena, y déjame dar con ella dos filos al deseo. ¡Ay qué linda, qué nueva, qué reluciente, y qué barata! Digo, Cristina, que, sin saber cómo ni cómo no, llueven los bienes sobre ti, y se te entra la ventura por las puertas, sin solicitalla. En efeto, eres venturosa sobre las venturosas; pero todo lo merece tu desenfado, tu limpieza, y tu magnífico término: hechizos bastantes a rendir las más descuidadas y esentas voluntades; y no como yo, que no soy para dar migas a un gato. Toma tu cadena, hermana, que estoy para reventar en lágrimas, y no

de envidia que a ti te tengo, sino de lástima que me
tengo a mí.

Vuelve a entrar Solórzano.

Sol.   ¡La mayor desgracia nos ha sucedido del mundo!

Bríg.   ¡Jesús! ¿Desgracia? ¿Y qué es, señor Solórzano?

Sol.   A la vuelta desta calle, yendo a la casa, en-
contramos con un criado del padre de nuestro vizcaíno,
el cual trae cartas y nuevas de que su padre queda a
punto de espirar, y le manda que al momento se parta,
si quiere hallarle vivo. Trae dinero para la partida, que
sin duda ha de ser luego. Yo le he tomado diez escudos
para vuestra merced, y vélos aquí, con los diez que
vuestra merced me dió denantes, y vuélvaseme la cadena; que, si el padre vive, el hijo volverá a darla, o yo
no seré don Esteban de Solórzano.

Crist.   En verdad, que a mí me pesa; y no por
mi interés, sino por la desgracia del mancebo, que ya
le había tomado afición.

Bríg.   Buenos son diez escudos ganados tan holgan-
do; tómalos, amiga, y vuelve la cadena al señor Solórzano.

Crist.   Vela aquí, y venga el dinero; que en verdad que pensaba gastar más de treinta en la cena.

Sol.   Señora Cristina, al perro viejo nunca tus tus;
estas tretas, con los de las galleruzas, [12] y con este perro
a otro hueso. [13]

Crist.   ¿Para qué son tantos refranes, señor Solórzano?

---

[12]   *A los de las galleruzas.* "Esto es a los rústicos. No a mí eso,
que lo entiendo" (Correas, p. 11. Galleruza era una gorra chata
que usaban los aldeanos).

[13]   *Con este perro a otro hueso.* Burlesco trastrueque de *A otro
perro con ese hueso.* No debe enmendarse. Lo usa también el autor
de la *Pícara Justina.* (Cfr. *Puyol, Pícara Justina,* 206. s.v. *monas
de unto*).

SOL. Para que entienda vuestra merced que la codicia rompe el saco. ¿Tan presto se desconfió de mi palabra, que quiso vuestra merced curarse en salud, y salir al lobo al camino, como la gansa de Cantipalos? [14] Señora Cristina, señora Cristina, lo bien ganado se pierde, y lo malo ello y su dueño. Venga mi cadena verdadera, y tómese vuestra merced su falsa, que no ha de haber conmigo transformaciones de Ovidio en tan pequeño espacio. ¡Oh hi de puta, y qué bien que la amoldaron, y qué presto!

CRIST. ¿Qué dice vuestra merced señor mío, que no le entiendo?

SOL. Digo que no es ésta la cadena que yo dejé a vuestra merced, aunque le parece; que ésta es de alquimia y la otra es de oro de a veinte y dos quilates.

BRÍG. En mi ánima, que así lo dijo el vecino, que es platero.

CRIST. ¿Aun el diablo sería eso? [15]

SOL. El diablo o la diabla, mi cadena venga y dejémonos de voces, y escúsense juramentos y maldiciones.

CRIST. El diablo me lleve, lo cual querría que no me llevase, si no es esa la cadena que vuestra merced me dejó, y que no he tenido otra en mis manos. ¡Justicia de Dios, si tal testimonio se me levantase!

SOL. Que no hay para qué dar gritos, y más estando ahí el señor Corregidor, que guarda su derecho a cada uno.

CRIST. Si a las manos del Corregidor llega este negocio, yo me doy por condenada; que tiene de mí tan mal concepto que, ha de tener mi verdad por mentira, y mi virtud por vicio. Señor mío, si yo he tenido otra cadena en mis manos, sino aquesta, de cáncer las vea yo comidas.

Entra un Alguacil.

[14] *La gansa de Cantipalos.* "La gansa de Cantinpalos que salía al lobo al camino" (*Correas*, p. 188, trae un cuentecillo absurdo para explicar este refrán).
[15] *Aun el diablo sería.* "Sería cosa del diablo" *(Herrero).*

ALG. ¿Qué voces son estas, qué gritos, qué lágrimas y qué maldiciones?

SOL. Vuestra merced, señor alguacil, ha venido aquí como de molde. A esta señora del rumbo sevillano le empeñé una cadena, habrá una hora, en diez ducados, para cierto efecto; vuelvo agora a desempeñarla, y, en lugar de una que le di, que pesaba ciento y cincuenta ducados de oro de veinte y dos quilates, me vuelve ésta de alquimia, que no vale dos ducados; y quiere poner mi justicia a la venta de la Zarza, [16] a voces y a gritos, sabiendo que será testigo desta verdad esta misma señora, ante quien ha pasado todo.

BRÍG. Y ¡cómo si ha pasado! y aun repasado; y, en Dios y en mi ánima, que estoy por decir que este señor tiene razón; aunque no puedo imaginar dónde se pueda haber hecho el trueco, porque la cadena no ha salido de aquesta sala.

SOL. La merced que el señor alguacil me ha de hacer, es llevar a la señora al Corregidor; que allá nos averiguaremos.

CRIST. Otra vez torno a decir que, si ante el Corregidor me lleva, me doy por condenada.

BRÍG. Sí, porque no está bien con sus huesos.

CRIST. Desta vez me ahorco. Desta vez me desespero. Desta vez me chupan brujas. [17]

SOL. Ahora bien, yo quiero hacer una cosa por vuestra merced, señora Cristina, siquiera porque no la chupen brujas, o por lo menos se ahorque: esta cadena se parece mucho a la fina del vizcaíno; él es

---

[16] *A la venta de la Zarza.* "Meterlo a la venta de la zarza. Meterlo a voces y confusión, que no se averigüe" (*Correas*, p. 155).

[17] *Desta vez me chupan brujas.* "Chupar la sangre se dice, por vulgaridad, de las brujas que beben la sangre a los niños" *(Autoridades).* Cuando Cervantes componía el entremés, estaba reciente el auto de fe de Logroño, donde las sorguiñas navarras, que no entendían el castellano de los inquisidores, dan pormenores curiosos: "Y a los niños que son pequeños, los chupan por el sieso y por la natura, apretando recio con las manos". (*Rose, Buscón,* p. 316, tomándolo de las *Obras de Moratín,* Leandro; *Auto de fe celebrado en la ciudad de Logroño en los días 6 y 7 de noviembre de 1610,* B. A. E., II, 624-625-.

mentecapto y algo borrachuelo; yo se la quiero llevar, y darle a entender que es la suya, y vuestra merced contente aquí al señor alguacil, y gaste la cena desta noche, y sosiegue su espíritu, pues la pérdida no es mucha.

CRIST. Págueselo a vuestra merced todo el cielo; al señor alguacil daré media docena de escudos, y en la cena gastaré uno, y quedaré por esclava perpetua del señor Solórzano.

BRÍG. Y yo me haré rajas bailando en la fiesta.

ALG. Vuestra merced ha hecho como liberal y buen caballero, cuyo oficio ha de ser servir a las mujeres.

SOL. Vengan los diez escudos que di demasiados.

CRIST. Hélos aquí, y más los seis para el señor alguacil.

Entran dos Músicos, y Quiñones el vizcaíno.

MÚS. Todo lo hemos oído, y acá estamos.

QUIÑ. Ahora sí que puede decir a mi señora Cristina: mamóla una y cien mil veces. [18]

BRÍG. ¿Han visto qué claro que habla el vizcaíno?

QUIÑ. Nunca hablo yo turbio, si no es cuando quiero.

CRIST. Que me maten si no me la han dado a tragar estos bellacos.

QUIÑ. Señores músicos, el romance que les di [19] y que saben, ¿para qué se hizo?

MÚS.   *La mujer más avisada,*
         O sabe poco, o no nada.

---

[18] *Mamóla una y cien mil veces.* Tragóla, cayó en el engaño. Se decía dar mamona o mamola.

[19] *El romance que les di.* Esta lista de libros pastoriles y caballerescos parece hija del azar y el capricho, con excepción de la *Diana* y el *Quijote*. Falta, por ejemplo, la *Arcadia* de Lope y sobra el engendro de Lo Fraso que, fuera de Cervantes casi nadie leyó.

La mujer que más presume
De cortar como navaja
Los vocablos repulgados,   5
Entre las godeñas pláticas:
La que sabe de memoria,
A Lo Fraso y a *Diana,*
Y al *Caballero del Febo*
Con *Olivante de Laura;*   10
La que seis veces al mes
Al gran *Don Quijote* pasa,
Aunque más sepa de aquesto,
O sabe poco, o no nada.
La que se fía en su ingenio,   15
Lleno de fingidas trazas,
Fundadas en interés
Y en voluntades tiranas;
La que no sabe guardarse,
Cual dicen, del agua mansa,   20
Y se arroja a las corrientes
Que ligeramente pasan;
La que piensa que ella sola
Es el colmo de la nata
En esto del trato alegre,   25
O sabe poco, o no nada.

CRIST. Ahora bien, yo quedo burlada, y, con todo
esto, convido a vuestras mercedes para esta noche.

QUIÑ. Aceptamos el convite, y todo saldrá en la
colada.

VI

EL RETABLO DE LAS MARAVILLAS

Escena de *El retablo de las Maravillas*
Grabado de Ramón de Capmany

Ilustración para *El retablo de las Maravillas.*
Entremeses de Cervantes. Gaspar y Roig, 1868.

[VI]

ENTREMÉS DEL
RETABLO [1] DE LAS MARAVILLAS

Salen Chanfalla y la Chirinos.

CHANF. No se te pasen de la memoria, Chirinos, mis advertimientos, principalmente los que te he dado para este nuevo embuste, que ha de salir tan a luz como el pasado del llovista.

CHIR. Chanfalla ilustre, lo que en mí fuere tenlo como de molde; que tanta memoria tengo como entendimiento, [2] a quien se junta una voluntad de acertar a satisfacerte, que excede a las demás potencias; pero dime: ¿de qué te sirve este Rabelín que hemos tomado? Nosotros dos solos, ¿no pudiéramos salir con esta empresa?

CHANF. Habíamosle menester como el pan de la boca, para tocar en los espacios que tardaren en salir las figuras del Retablo de las Maravillas.

---

[1] *Retablo.* Una caja que contenía figuritas de madera movidas por cordelejos. Además de estos títeres de cordelejo que representaban una sola historia, había títeres de guante o de mano cuyo movimiento más típico es golpearse con la cachiporra. Cfr. el excelente libro de J. E. Varey, *Historia de los títeres en España*, Madrid, 1957.

[2] *Tanta memoria tengo como entendimiento.* Este amanerado discurrir lo parecía menos a los contemporáneos que, desde el catecismo, sabían las tres potencias del alma. El Conde de Villamediana, *Obras*, ed. de J. M. Rozas, Madrid, Castalia, 1969, remata un soneto de amor, n.º 11, p. 87, con el verso "Memoria, voluntad y entendimiento".

CHIR.   Maravilla será si no nos apedrean por solo el Rabelín; porque, tan desventurada criaturilla, no la he visto en todos los días de mi vida.

Entra el Rabelín.

RAB.   ¿Hase de hacer algo en este pueblo, señor Autor? Que ya me muero porque vuestra merced vea que no me tomó a carga cerrada. [3]

CHIR.   Cuatro cuerpos de los vuestros no harán un tercio, cuanto más una carga; si no sois más gran músico que grande, medrados estamos.

RAB.   Ello dirá; que en verdad que me han escrito para entrar en una compañía de partes, [4] por chico que soy.

CHANF.   Si os han de dar la parte a medida del cuerpo, casi será invisible.—Chirinos, poco a poco estamos ya en el pueblo, y estos que aquí vienen deben de ser, como lo son sin duda, el Gobernador y los Alcaldes. Salgámosles al encuentro, y date un filo a la lengua en la piedra de la adulación; pero no despuntes de aguda.

Salen el Gobernador, y Benito Repollo, alcalde, Juan Castrado, regidor, y Pedro Capacho, escribano.

Beso a vuestras mercedes las manos: ¿quién de vuestras mercedes es el Gobernador deste pueblo?

GOB.   Yo soy el Gobernador; ¿qué es lo que queréis, buen hombre?

CHANF.   A tener yo dos onzas de entendimiento, hubiera echado de ver que esa peripatética y anchurosa presencia no podía ser de otro que del dignísimo Go-

3   *A carga cerrada.* "Cuando se da o recibe algo sin cuenta y razón" (*Correas*, p. 600).

4   *Compañía de partes.* En las compañías de partes las partes o actores se repartían las ganancias —deduciendo antes los gastos y sueldo básico— proporcionalmente a la categoría de sus papeles, o por partes iguales, o según lo concertado. No siendo la compañía de partes, el *autor* o empresario pagaba únicamente un sueldo fijo. (*Bonilla*, pp. 223-226).

bernador deste honrado pueblo; que, con venirlo a ser de las Algarrobillas, lo deseche vuestra merced.

CHIR. En vida de la señora y de los señoritos, si es que el señor Gobernador los tiene.

CAP. No es casado el señor Gobernador.

CHIR. Para cuando lo sea: que no se perderá nada.

GOB. Y bien, ¿qué es lo que queréis, hombre honrado?

CHIR. Honrados días viva vuestra merced, que así nos honra; en fin, la encina da bellotas, el pero peras, la parra uvas, y el honrado honra, sin poder hacer otra cosa.

BEN. Sentencia cicеronianca, sin quitar ni poner un punto.

CAP. *Ciceroniana* quiso decir el señor alcalde Benito Repollo.

BEN. Siempre quiero decir lo que es mejor, sino que las más veces no acierto; en fin, buen hombre, ¿qué queréis?

CHANF. Yo, señores míos, soy Montiel, el que trae el Retablo de las Maravillas: hanme enviado a llamar de la corte los señores cofrades de los hospitales, porque no hay autor de comedias[5] en ella, y perecen los hospitales, y con mi ida se remediará todo.

GOB. Y ¿qué quiere decir *Retablo de las Maravillas?*

CHANF. Por las maravillosas cosas que en él se enseñan y muestran, viene a ser llamado Retablo de las Maravillas; el cual fabricó y compuso el sabio Tontonelo, debajo de tales paralelos, rumbos, astros y estrellas, con tales puntos, caracteres y observaciones, que ninguno puede ver las cosas que en él se muestran,

---

5 *No hay autor de comedias... y perecen los hospitales.* Según Pellicer, citado por *Bonilla*, en 1610 habían muerto cuatro *autores*, entre ellos Nicolás de los Ríos, el de *Pedro de Urdemalas.* Las Ordenanzas de teatro de 1608 reglamentan el reparto entre los hospitales madrileños. (Cfr. Hugo H. Rennert, *The Spanish Stage*, New York, 1909, p. 219). A falta de compañías de carne y hueso, se estilaba presentar títeres en los teatros. Véase Varey, *obra cit.* p. 206.

que tenga alguna raza de confeso, o no sea habido
y procreado de sus padres de legítimo matrimonio; y
el que fuere contagiado destas dos tan usadas enfermedades, despídase de ver las cosas, jamás vistas ni
oídas, de mi retablo.

BEN.   Ahora echo de ver que cada día se ven en el
mundo cosas nuevas. Y ¡qué! ¿se llamaba Tontonelo
el sabio que el Retablo compuso?

CHIR.   Tontonelo se llamaba, nacido en la ciudad
de Tontonela: hombre de quien hay fama que le lle-
gaba la barba a la cintura.

BEN.   Por la mayor parte, los hombres de grandes
barbas son sabihondos.

GOB.   Señor regidor Juan Castrado, yo determino,
debajo de su buen parecer, que esta noche se despose
la señora Teresa Castrada, su hija, de quien yo soy
padrino, y, en regocijo de la fiesta, quiero que el señor
Montiel muestre en vuestra casa su Retablo.

JUAN.   Eso tengo yo por servir al señor Gobernador,
con cuyo parecer me convengo, entablo y arrimo, aunque haya otra cosa en contrario.

CHIR.   La cosa que hay en contrario es, que, si no
se nos paga primero nuestro trabajo, así verán las figuras, como por el cerro de Úbeda. ¿Y vuestras mercedes, señores Justicias, tienen conciencia y alma en esos
cuerpos? ¡Bueno sería que entrase esta noche todo el
pueblo en casa del señor Juan Castrado, o como es su
gracia, y viese lo contenido en el tal Retablo, y mañana,
cuando quisiésemos mostralle al pueblo, no hubiese
ánima que le viese! No, señores, no señores; *ante
omnia* nos han de pagar lo que fuere justo.

BEN.   Señora Autora, aquí no os ha de pagar ninguna Antona, ni ningún Antoño; el señor regidor Juan
Castrado os pagará más que honradamente, y si no,
el Concejo. ¡Bien conocéis el lugar, por cierto! Aquí,
hermana, no aguardamos a que ninguna Antona pague
por nosotros.

CAP.   ¡Pecador de mí, señor Benito Repollo, y qué lejos da del blanco! No dice la señora Autora que pague ninguna Antona, sino que le paguen adelantado y ante todas cosas, que eso quiere decir *ante omnia*.

BEN.   Mirad, escribano Pedro Capacho, haced vos que me hablen a derechas, que yo entenderé a pie llano; vos, que sois leído y escribido, podéis entender esas algarabías de allende, [6] que yo no.

JUAN.   Ahora bien; ¿contentarse ha el señor Autor con que yo le dé adelantados media docena de ducados? Y más, que se tendrá cuidado que no entre gente del pueblo esta noche en mi casa.

CHANF.   Soy contento; porque yo me fío de la diligencia de vuestra merced y de su buen término.

JUAN.   Pues véngase conmigo, recibirá el dinero, y verá mi casa, y la comodidad que hay en ella para mostrar ese Retablo.

CHANF.   Vamos, y no se les pase de las mientes las calidades que han de tener los que se atrevieren a mirar el maravilloso Retablo.

BEN.   A mi cargo queda eso, y séle decir que, por mi parte, puedo ir seguro a juicio, pues tengo el padre alcalde; cuatro dedos de enjundia de cristiano viejo rancioso tengo sobre los cuatro costados de mi linaje: ¡miren si veré el tal Retablo!

CAP.   Todos le pensamos ver, señor Benito Repollo.

JUAN.   No nacimos acá en las malvas, señor Pedro Capacho.

GOB.   Todo será menester, según voy viendo, señores Alcalde, Regidor y Escribano.

JUAN.   Vamos, Autor, y manos a la obra; que Juan Castrado me llamo, hijo de Antón Castrado y de Juana Macha; y no digo más, en abono y seguro que

---

6 *Algarabías de allende.* "Se dice por lo que no se entiende y razón disparatada" (*Correas*, p. 50).
7 *No nacimos acá en las malvas.* "Nacer en las malvas dícese por tener bajo y pobre nacimiento, y dícese más de ordinario con negación: Yo no nací en las malvas" (*Correas*, p. 651).

podré ponerme cara a cara y a pie quedo delante del referido retablo.

CHIR.   ¡Dios lo haga!

Éntranse Juan Castrado y Chanfalla.

GOB.   Señora Autora, ¿qué poetas se usan ahora en la corte, de fama y rumbo, especialmente de los llamados cómicos? Porque yo tengo mis puntas y collar de poeta, y pícome de la farándula y carátula. Veinte y dos comedias tengo, todas nuevas, que se veen las unas a las otras; [8] estoy aguardando coyuntura para ir a la corte y enriquecer con ellas media docena de autores.

CHIR.   A lo que vuestra merced, señor Gobernador, me pregunta de los poetas, no le sabré responder; porque hay tantos, que quitan el sol; y todos piensan que son famosos. Los poetas cómicos son los ordinarios y que siempre se usan, y así no hay para qué nombrallos. Pero dígame vuestra merced, por su vida: ¿cómo es su buena gracia? ¿Cómo se llama?

GOB.   A mí, señora Autora, me llaman el Licenciado Gomecillos.

CHIR.   ¡Válame Dios! ¿Y qué, vuesa merced es el señor Licenciado Gomecillos, el que compuso aquellas coplas tan famosas de *Lucifer estaba malo, y Tómale mal de fuera?*

GOB.   Malas lenguas hubo que me quisieron ahijar esas coplas, y así fueron mías como del Gran Turco. Las que yo compuse, y no lo quiero negar, fueron aquellas que trataron del diluvio de Sevilla; que, puesto que los poetas son ladrones unos de otros, nunca me precié de hurtar nada a nadie: con mis versos me ayude Dios, y hurte el que quisiere.

Vuelve Chanfalla.

8 *Veinte y dos comedias... que se veen las unas a las otras.* Bien contadas, una tras otra. Quevedo, *Poesía original,* ed. Blecua, *Respuesta de la Méndez a Escarramán,* p. 1228: "Recibí en letra los ciento / que recibiste, jayán, / de contado, que se vían / uno al otro al asentar".

CHANF.   Señores, vuestras mercedes vengan, que todo está a punto, y no falta más que comenzar.

CHIR.   ¿Está ya el dinero *in corbona?* [9]

CHANF.   Y aun entre las telas del corazón.

CHIR.   Pues doite por aviso, Chanfalla, que el Gobernador es poeta.

CHANF.   ¿Poeta? ¡Cuerpo del mundo! Pues dale por engañado, porque todos los de humor semejante son hechos a la mazacona, gente descuidada, crédula y no nada maliciosa.

BEN.   Vamos, Autor; que me saltan los pies por ver esas maravillas.

Éntranse todos.

Salen Juana Castrada y Teresa Repolla, labradoras; la una como desposada, que es la Castrada.

CAST.   Aquí te puedes sentar, Teresa Repolla amiga, que tendremos el Retablo enfrente; y pues sabes las condiciones que han de tener los miradores del Retablo, no te descuides, que sería una gran desgracia.

TER.   Ya sabes, Juana Castrada, que soy tu prima, y no digo más. ¡Tan cierto tuviera yo el cielo, como tengo cierto ver todo aquello que el Retablo mostrare! ¡Por el siglo de mi madre, que me sacase los mismos ojos de mi cara, si alguna desgracia me aconteciese! ¡Bonita soy yo para eso!

CAST.   Sosiégate, prima; que toda la gente viene.

Entran el Gobernador, Benito Repollo, Juan Castrado, Pedro Capacho, el autor y la autora, y el músico, y otra gente del pueblo, y un sobrino de Benito, que ha de ser aquel gentil hombre que baila.

CHANF.   Siéntense todos; el Retablo ha de estar detrás deste repostero, y la Autora también, y aquí el músico.

---

9   *In corbona.* En el tesoro, en la bolsa. Frase que viene del evangelio de San Marcos, cap. XXVII. *Puyol, Pícara Justina,* p. 169. También la usó Lope de Rueda.

Ben.   ¿Músico es éste? Métanle también detrás del repostero, que, a trueco de no velle, daré por bien empleado el no oille.

Chanf.   No tiene vuestra merced razón, señor alcalde Repollo, de descontentarse del músico, que en verdad que es muy buen cristiano, y hidalgo de solar conocido.

Gob.   ¡Calidades son bien necesarias para ser buen músico!

Ben.   De solar, bien podrá ser; mas de sonar, *abrenuncio*.

Rab.   ¡Eso se merece el bellaco que se viene a sonar delante de...!

Ben.   ¡Pues por Dios, que hemos visto aquí sonar a otros músicos tan...!

Gob.   Quédese esta razón en el *de* del señor Rabel, y en el *tan* del Alcalde, que será proceder un infinito; y el señor Montiel comience su obra.

Ben.   Poca balumba trae este autor para tan gran Retablo.

Juan.   Todo debe de ser de maravillas.

Chanf.   Atención, señores, que comienzo.—¡Oh tú, quien quiera que fuiste, que fabricaste este Retablo con tan maravilloso artificio, que alcanzó renombre *de las Maravillas*: por la virtud que en él se encierra, te conjuro, apremio y mando que luego incontinenti muestres a estos señores algunas de las tus maravillosas maravillas, para que se regocijen y tomen placer, sin escándalo alguno! Ea, que ya veo que has otorgado mi petición, pues por aquella parte asoma la figura del valentísimo Sansón, abrazado con las colunas del templo, para derriballe por el suelo y tomar venganza de sus enemigos. ¡Tente, valeroso caballero, tente, por la gracia de Dios Padre; no hagas tal desaguisado, porque no cojas debajo y hagas tortilla tanta y tan noble gente como aquí se ha juntado!

Ben.   ¡Téngase, cuerpo de tal conmigo! ¡Bueno sería que, en lugar de habernos venido a holgar, quedásemos aquí hechos plasta! ¡Téngase, señor Sansón, pesia a mis males, que se lo ruegan buenos!

CAP. ¿Veisle vos, Castrado?

JUAN. Pues ¿no le había de ver? ¿Tengo yo los ojos en el colodrillo?

CAP. Milagroso caso es éste: así veo yo a Sansón ahora, como el Gran Turco. Pues en verdad que me tengo por legítimo y cristiano viejo.

CHIR. ¡Guárdate, hombre, que sale el mesmo toro que mató al ganapán en Salamanca! ¡Échate, hombre; échate, hombre; Dios te libre, Dios te libre!

CHANF. ¡Échense todos, échense todos! ¡Húcho ho!, ¡húcho ho!, ¡húcho ho! [10]

Échanse todos, y alborótanse.

BEN. El diablo lleva en el cuerpo el torillo; sus partes tiene de hosco y de bragado; si no me tiendo, me lleva de vuelo.

JUAN. Señor Autor, haga, si puede, que no salgan figuras que nos alboroten; y no lo digo por mí, sino por estas mochachas, que no les ha quedado gota de sangre en el cuerpo, de la ferocidad del toro.

CAST. Y ¡cómo, padre! No pienso volver en mí en tres días; ya me vi en sus cuernos, que los tiene agudos como una lesna.

JUAN. No fueras tú mi hija, y no lo vieras.

GOB. Basta, que todos ven lo que yo no veo; pero al fin habré de decir que lo veo, por la negra honrilla.

CHIR. Esa manada de ratones que allá va, deciende por línea recta de aquellos que se criaron en el arca de Noé; dellos son blancos, dellos albarazados, dellos jaspeados, y dellos azules; y, finalmente, todos son ratones.

CAST. ¡Jesús! ¡ay de mí! ¡ténganme, que me arrojaré por aquella ventana! ¿Ratones? ¡Desdichada! Ami-

---

[10] *Hucho ho.* Se empleaba este grito para provocar a los halcones y los toros. Véase R. Foulché-Delbosc, "Huchoho", *Revue Hispanique*, vol. XXV, 1911, pp. 5-12. *La Pícara Justina* trae *uchoando* (*Puyol*, p. 250).

ga, apriétate las faldas, y mira no te muerdan; y ¡monta que son pocos! ¡por el siglo de mi abuela, que pasan de milenta!

REP.   Yo sí soy la desdichada, porque se me entran sin reparo ninguno; un ratón morenico me tiene asida de una rodilla: ¡socorro venga del cielo, pues en la tierra me falta!

BEN.   Aun bien que tengo gregüescos: que no hay ratón que se me entre, por pequeño que sea.

CHANF.   Esta agua, que con tanta priesa se deja descolgar de las nubes, es de la fuente que da origen y principio al río Jordán. [11] Toda mujer a quien tocare en el rostro, se le volverá como de plata bruñida, y a los hombres se les volverán las barbas como de oro.

CAST.   ¿Oyes, amiga? descubre el rostro, pues ves lo que te importa. ¡Oh qué licor tan sabroso! Cúbrase, padre, no se moje.

JUAN.   Todos nos cubrimos, hija.

BEN.   Por las espaldas me ha calado el agua hasta la canal maestra.

CAP.   Yo estoy más seco que un esparto.

GOB.   ¿Qué diablos puede ser esto, que aun no me ha tocado una gota, donde todos se ahogan? Mas ¿si viniera yo a ser bastardo entre tantos legítimos?

BEN.   Quítenme de allí aquel músico; si no, voto a Dios que me vaya sin ver más figura. ¡Válgate el diablo por músico aduendado, y qué hace de menudear sin cítola y sin son!

RAB.   Señor alcalde, no tome conmigo la hincha; que yo toco como Dios ha sido de servido de enseñarme.

BEN.   ¿Dios te había de enseñar, sabandija? ¡Métete tras la manta; si no, por Dios que te arroje este banco!

---

[11] *La fuente que da origen... al río Jordán.* Conocida es la conseja de la virtud que las aguas del Jordán poseen de rejuvenecer a. quien se baña en ellas. Véase M. Bataillon, "Peregrinaciones españolas del Judío Errante" en *Varia lección de clásicos españoles,* Madrid, 1964, pp. 111 y 118. El falso Juan de Espera en Dios, detenido por los inquisidores, decía a los aldeanos que cada siete años se bañaba en la "fuente Jordán".

Rab. El diablo creo que me ha traído a este pueblo.

Cap. Fresca es el agua del santo río Jordán; y, aunque me cubrí lo que pude, todavía me alcanzó un poco en los bigotes, y apostaré que los tengo rubios como un oro.

Ben. Y aun peor cincuenta veces.

Chir. Allá van hasta dos docenas de leones rapantes y de osos colmeneros; todo viviente se guarde; que, aunque fantásticos, no dejarán de dar alguna pesadumbre, y aun de hacer las fuerzas de Hércules, con espadas desenvainadas.

Juan. Ea, señor Autor, ¡cuerpo de nosla! [12] ¿y agora nos quiere llenar la casa de osos y de leones?

Ben. ¡Mirad qué ruiseñores y calandrias nos envía Tontonelo, sino leones y dragones! Señor Autor, o salgan figuras más apacibles, o aquí nos contentamos con las vistas, y Dios le guíe, y no pare más en el pueblo un momento.

Cast. Señor Benito Repollo, deje salir ese oso y leones, siquiera por nosotras, y recebiremos mucho contento.

Juan. Pues, hija, ¿de antes te espantabas de los ratones, y agora pides osos y leones?

Cast. Todo lo nuevo aplace, señor padre.

Chir. Eesa doncella, que agora se muestra tan galana y tan compuesta, es la llamada Herodías, cuyo baile alcanzó en premio la cabeza del Precursor de la vida. Si hay quien la ayude a bailar, verán maravillas.

Ben. ¡Esta sí ¡cuerpo del mundo! que es figura hermosa, apacible y reluciente! ¡Hi de puta, y cómo que se vuelve la mochac[h]a!—Sobrino Repollo, tú, que sabes de achaque de castañetas, ayúdala, y será la fiesta de cuatro capas. [13]

---

[12] *Cuerpo de nosla.* Juramento desviado a medio camino, por "cuerpo de Dios". Práctica común es desvirtuar las exclamaciones sexuales o irreverentes con un final inofensivo.

[13] *Fiesta de cuatro capas. Correas*, p. 693: "Fiesta de tres capas. Por: muy solene fiesta". El número de clérigos con capa que ayudaban a celebrar la misa mayor, graduaba la solemnidad.

Sob. Que me place, tío Benito Repollo.

Tocan la zarabanda.

Cap. ¡Toma mi abuelo, si es antiguo el baile de la zarabanda y de la chacona!

Ben. Ea, sobrino, ténselas tiesas a esa bellaca jodía; pero, si ésta es jodía, ¿cómo vee estas maravillas?

Chanf. Todas las reglas tienen excepción, señor Alcalde.

Suena una trompeta o corneta del teatro, y entra un furrier de compañías.

Furr. ¿Quién es aquí el señor Gobernador?

Gob. Yo soy. ¿Qué manda vuestra merced?

Furr. Que luego, al punto, mande hacer alojamiento para treinta hombres de armas [14] que llegarán aquí dentro de media hora, y aun antes, que ya suena la trompeta; y adiós.

[*Váse.*]

Ben. Yo apostaré que los envia el sabio Tontonelo.

Chanf. No hay tal; que esta es una compañía de caballos, que estaba alojada dos leguas de aquí.

Ben. Ahora yo conozco bien a Tontonelo, y sé que vos y él sois unos grandísimos bellacos, no perdonando al músico; y mirá que os mando que mandéis a Tontonelo no tenga atrevimiento de enviar estos hombres de armas, que le haré dar docientos azotes en las espaldas, que se vean unos a otros.

Chanf. ¡Digo, señor alcalde, que no los envía Tontonelo!

Ben. Digo que los envía Tontonelo, como ha enviado las otras sabandijas que yo he visto.

---

14 *Hombres de armas.* "El que combatía en la guerra a caballo, armado de coraza, morrión y demás armas de hierro" *(Autoridades).*

CAP. Todos las habemos visto, señor Benito Repollo.

BEH. No digo yo que no, señor Pedro Capacho.—No toques más, músico de entre sueños, que te romperé la cabeza.

Vuelve el furrier.

FURR. Ea, ¿está ya hecho el alojamiento? que ya están los caballos en el pueblo.

BEN. ¿Qué, todavía ha salido con la suya Tontonelo? ¡Pues yo os voto a tal, Autor de humos y de embelecos, que me lo habéis de pagar!

CHANF. Séanme testigos que me amenaza el Alcalde.

CHIR. Séanme testigos que dice el Alcalde que, lo que manda S. M., lo manda el sabio Tontonelo.

BEN. Atontoneleada te vean mis ojos, plega a Dios Todopoderoso.

GOB. Yo para mí tengo que verdaderamente estos hombres de armas no deben de ser de burlas.

FURR. ¿De burlas habían de ser, señor Gobernador? ¿Está en su seso?

JUAN. Bien pudieran ser atontoneleados; como esas cosas habemos visto aquí. Por vida del Autor, que haga salir otra vez a la doncella Herodías, porque vea este señor lo que nunca ha visto; quizá con esto le cohecharemos para que se vaya presto del lugar.

CHANF. Eso en buena hora, y véisla aquí a do vuelve, y hace de señas a su bailador a que de nuevo la ayude.

SOB. Por mí no quedará, por cierto.

BEN. Eso sí, sobrino, cánsala, cánsala; vueltas y más vueltas; ¡vive Dios, que es un azogue la muchacha! ¡Al hoyo, al hoyo! ¡A ello, a ello!

FURR. ¿Está loca esta gente? ¿Qué diablos de doncella es ésta, y que baile, y qué Tontonelo?

CAP. Luego ¿no vee la doncella herodiana el señor Furrier?

FURR.   ¿Qué diablos de doncella tengo de ver?

CAP.   Basta: de *ex il[l]is* es. [15]

GOB.   De *ex il[l]is* es, de *ex il[l]is* es.

JUAN.   Dellos es, dellos el señor Furrier, dellos es.

FURR.   ¡Soy de la mala puta que los parió; y, por Dios vivo, que, si echo mano a la espada, que los haga salir por las ventanas, que no por la puerta!

CAP.   Basta: de *ex il[l]is* es.

BEN.   Basta: dellos es, pues no vee nada.

FURR.   Canalla barretina: [16] si otra vez me dicen que soy dellos, no les dejaré hueso sano.

BEN.   Nunca los confesos ni bastardos fueron valientes; y por eso no podemos dejar de decir: dellos es, dellos es.

FURR.   ¡Cuerpo de Dios con los villanos! ¡Esperad!

Mete mano a la espada, y acuchíllase con todos; y el Alcalde aporrea al Rabellejo; y la Chirinos descuelga la manta y dice:

CHIR.   El diablo ha sido la trompeta y la venida de los hombres de armas; parece que los llamaron con campanilla.

CHANF.   El suceso ha sido extraordinario; la virtud del Retablo se queda en su punto, y mañana lo podemos mostrar al pueblo; y nosotros mismos podemos cantar el triunfo desta batalla, diciendo: ¡Vivan Chirinos y Chanfalla!

---

[15] *Ex illis es.* Rodeo para llamar *converso.* En la Vulgata una criadita se lo aplica a San Pedro, poco antes de cantar el gallo. (Cfr. San Mateo, cap. XXVI, 73).

[16] *Canalla barretina.* El barrete, prenda urbana en el siglo XV, pasó de moda en el XVI. Lo conservaban dos grupos arcaizantes: los campesinos y los hebreos. Para los judíos cfr. *La gran sultana,* acto I, cuando el gracioso Madrigal increpa a los de Constantinopla: "Vive Roque, canalla barretina, / que no avéis de gozar de las caçuelas" (Schevill-Bonilla, *Comedias y entremeses,* tomo II, p. 126).

VII

LA CUEVA DE SALAMANCA

ENTREMÉS DE
LA CUEVA DE SALAMANCA [1]

Salen Pancracio, Leonarda, y Cristina.

PANC. Enjugad, señora, esas lágrimas, y poned pausa a vuestros suspiros, considerando que cuatro días de ausencia no son siglos: yo volveré, a lo más largo, a los cinco, si Dios no me quita la vida; aunque será mejor, por no turbar la vuestra romper mi palabra, y dejar esta jornada; que sin mi presencia se podrá casar mi hermana.

LEONARDA. No quiero yo, mi Pancracio y mi señor, que por respeto mío vos parezcais descortés; id en hora buena, y cumplid con vuestras obligaciones, pues las que os llevan son precisas: que yo me apretaré con mi llaga, y pasaré mi soledad lo menos mal que pudiere. Sólo os encargo la vuelta, y que no paséis del término que habeis puesto.—Tenme, Cristina, que se me aprieta el corazón.

Desmáyase Leonarda.

[1] *La cueva de Salamanca.* "Esta cueva es la Universidad y Estudio General... y sobre esta verdad han fingido patrañas para hacer maravillar a los que vienen de nuevo: y mostraban una que era sacristía de la parroquia de San Cebrián, debajo de la capilla y altar mayor, y decían que allí se leía en secreto nigromancia, y que allí estudió el Marqués de Villena". (*Correas*, p. 647).

185

CRIST. ¡Oh, que bien hayan las bodas y las fiestas! En verdad, señor, que, si yo fuera que vuestra merced, que nunca allá fuera.

PANC. Entra, hija, por un vidro de agua para echársela en el rostro. Mas espera; diréle unas palabras que sé al oído, que tienen virtud para hacer volver de los desmayos.

Dícele las palabras: vuelve Leonarda diciendo:

LEONARDA. Basta: ello ha de ser forzoso: no hay sino tener paciencia, bien mío; cuanto más os de[t]uviéredes, más dilatais mi contento. Vuestro compadre L[e]oniso os debe de aguardar ya en el coche. Andad con Dios: que él os vuelva tan presto y tan bueno como yo deseo.

PANC. Mi ángel, si gustas que me quede, no me moveré de aquí más que una estatua.

LEONARDA. No, no, descanso mío; que mi gusto está en el vuestro; y, por agora, más que os váis, que no os quedéis, pues es vuestra honra la mía.

CRIST. ¡Oh espejo del matrimonio! A fe que si todas las casadas quisiesen tanto a sus maridos como mi señora Leonarda quiere al suyo, que otro gallo les cantase.

LEONARDA. Entra, Cristinica, y saca mi manto; que quiero acompañar a tu señor hasta dejarle en el coche.

PANC. No, por mi amor; abrazadme, y quedaos, por vida mía.—Cristinica, ten cuenta de regalar a tu señora, que yo te mando un calzado cuando vuelva, como tú le quisieres.

CRIST. Vaya, señor, y no lleve pena de mi señora, porque la pienso persuadir de manera a que nos holguemos, que no imagine en la falta que vuestra merced le ha de hacer.

LEONARDA. ¿Holgar yo? ¡Qué bien estás en la cuenta, niña! porque, ausente de mi gusto, no se hicieron los placeres ni las glorias para mí; penas y dolores sí. [2]

PANC. Ya no lo puedo sufrir. Quedad en paz, lumbre destos ojos, los cuales no verán cosa que les dé placer, hasta volveros a ver.

Éntrase Pancracio.

LEONARDA. Allá darás, rayo, en casa de Ana Díaz. Vayas, y no vuelvas; la ida del humo. [4] Por Dios, que esta vez no os han de valer vuestras valentías ni vuestros recatos.

CRIST. Mil veces temí que con tus estremos habías de estorbar su partida y nuestros contentos.

LEONARDA. ¿Si vendrán esta noche los que esperamos?

CRIST. ¿Pues no? Ya los tengo avisados, y ellos están tan en ello, que esta tarde enviaron con la lavandera, nuestra secretaria, como que eran paños, una canasta de colar, llena de mil regalos y de cosas de comer, que no parece sino uno de los serones que da el rey el Jueves Santo a sus pobres; [5] sino que la canasta es de Pascua, porque hay en ella empanadas, fiambreras, manjar blanco, y dos capones que aun no están acabados de pelar, y todo género de fruta de la que hay

---

[2] *No se hicieron los placeres, / ni las glorias para mí; / penas y dolores sí.* Alberto Blecua, "*A su albedrío y sin orden alguna.* Nota al Quijote", *Bol. de la Real Academia Española*, t. 48, 1967, p. 26-27, descubre que esta tercerilla, procedente de una letrilla popular en el XVI, figura en Joan Timoneda, *Enredo de amor*, fols. V-VI (reimpreso por A. Rodríguez Moñino en *Cancioneros...* de Joan Timoneda, Castalia, Valencia, 1961).

[3] *Allá darás rayo en casa de Ana Díaz* (o de Tamayo). Se dice cuando se va alguien que molesta.

[4] *La ida del humo.* "Del que se va para no volver... y del que deseamos que no vuelva" (*Correas*, p. 181).

[5] *Serones que da el rey el Jueves Santo.* "El día de Jueves Santo el rey de España lavaba los pies y daba de comer a trece pobres" (*Bonilla* que copia el ceremonial descrito por Rodríguez Villa, *Etiquetas de la casa de Austria*, Madrid, 1911).

ahora; y sobre todo, una bota de hasta una arroba de
vino, de lo de una oreja, [6] que huele que traciende.

LEONARDA.   Es muy cumplido, y lo fué siempre, mi
Reponce, sacristán de las telas de mis entrañas.

CRIST.   Pues ¿qué le falta a mi maese Nicolás, barbero de mis hígados y navaja de mis pesadumbres, que
así me las rapa y quita cuando le veo, como si nunca
las hubiera tenido?

LEONARDA.   ¿Pusiste la canasta en cobro?

CRIST.   En la cocina la tengo, cubierta con un cer-
nadero, por el disimulo.

*Llama a la puerta el Estudiante Carraolano, y, en
llamando, sin esperar que le respondan, entra.*

LEONARDA.   Cristina, mira quien llama.

EST.   Señoras, soy yo, un pobre estudiante.

CRIST.   Bien se os parece que sois pobre y estudiante, pues lo uno muestra vuestro vestido, y el ser pobre
vuestro atrevimiento. ¡Cosa estraña es esta, que no
hay pobre que espere a que le saquen la limosna a la
puerta, sino que se entran en las casas hasta el último
rincón, sin mirar si despiertan a quien duerme, o si
no!

EST.   Otra más blanda respuesta esperaba yo de la
buena gracia de vuestra merced; cuanto más que yo
no quería, ni buscaba otra limosna, sino alguna caballeriza o pajar donde defenderme esta noche de las incle-
mencias del cielo, que, según se me trasluce, parece
que con grandísimo rigor a la tierra amenazan.

LEONARDA.   ¿Y, de dónde bueno sois, amigo?

EST.   Salmantino soy, señora mía; quiero decir, que
soy de Salamanca. Iba a Roma con un tío mío, el cual
murió en el camino, en el corazón de Francia. Vi[m]e [7]

_____

[6]   *De lo de una oreja.* Los comentadores alegan textos, al parecer
discordantes, sobre el vino de una y dos orejas. En portugués *vinho
de orelha,* expresión ya usada en el siglo XVI, significa vino excelente.

[7]   Enmiendo sin vacilar *vine* en *vime.*

solo; determiné volverme a mi tierra: robáronme los lacayos o compañeros de Roque Guinarde, [8] en Cataluña, porque él estaba ausente; que, a estar allí, no consintiera que se me hiciera agravio, porque es muy cortés y comedido, y además limosnero. Hame tomado a estas santas puertas la noche, que por tales las juzgo, y busco mi remedio.

LEONARDA. ¡En verdad, Cristina, que me ha movido a lástima el estudiante!

CRIST. Ya me tiene a mí rasgadas las entrañas. Tengámosle en casa esta noche, pues de las sobras del castillo se podrá mantener el real; quiero decir, que en las reliquias de la canasta habrá en quien adore su hambre; y más, que me ayudará a pelar la volatería que viene en la cesta.

LEONARDA. Pues ¿cómo, Cristina, quieres que metamos en nuestra casa testigos de nuestras liviandades?

CRIST. Así tiene él talle de hablar por el colodrillo, como por la boca.—Venga acá, amigo: ¿sabe pelar?

EST. ¿Cómo si sé pelar? No entiendo eso de saber pelar, si no es que quiere vuesa merced motejarme de pelón; que no hay para qué, pues yo me confieso por el mayor pelón del mundo.

CRIST. No lo digo yo por eso, en mi ánima, sino por saber si sabía pelar dos o tres pares de capones.

EST. Lo que sabré responder es, que yo, señoras, por la gracia de Dios, soy graduado de bachiller por Salamanca, y no digo...

LEONARDA. Desa manera, ¿quién duda sino que sabrá pelar, no sólo capones, sino gansos y avutardas? Y, en esto del guardar secreto, ¿cómo le va? y, a dicha, ¿[es] tentado de decir todo lo que vee, imagina o siente?

EST. Así pueden matar delante de mí más hombres que carneros en el Rastro, que yo despliegue mis labios para decir palabra alguna.

---

[8] *Roque Guinarde* (Guinart). Bandolero generoso también celebrado en el Quijote. II parte, cap. LXI.

CRIST. Pues atúrese esa boca, y cósase esa lengua con una agujeta de dos cabos, y amuélese esos dientes, y éntrese con nosotras, y verá misterios y cenará maravillas, y podrá medir en un pajar los pies que quisiere para su cama.

EST. Con siete tendré demasiado: que no soy nada codicioso ni regalado.

Entran el sacristán Reponce y el barbero.

SAC. ¡Oh, que en hora buena estén los automedones y guías de los carros de nuestros gustos, las luces de nuestras tinieblas, y las dos recíprocas voluntades que sirven de basas y colunas a la amorosa fábrica de nuestros deseos!

LEONARDA. ¡Esto solo me enfada dél! Reponce mío: habla, por tu vida, a lo moderno, y de modo que te entienda, y no te encarames donde no te alcance.

BARB. Eso tengo yo bueno, que hablo más llano que una suela de zapato; pan por vino y vino por pan, o como suele decirse.

SAC. Sí, que diferencia ha de haber de un sacristán gramático a un barbero romancista.

CRIST. Para lo que yo he menester a mi barbero, tanto latín sabe, y aun más, que supo Antonio de Nebrija; y no se dispute agora de ciencia, ni de modos de hablar: que cada uno habla, si no como debe, a lo menos como sabe; y entrémonos, y manos a la labor, que hay mucho que hacer.

EST. Y mucho que pelar.

SAC. ¿Quién es este buen hombre?

LEONARDA. Un pobre estudiante salamanqueso, que pide albergo para esta noche.

SAC. Yo le daré un par de reales para cena y para lecho, y váyase con Dios.

EST. Señor sacristán Reponce, recibo y agradezco la merced y la limosna; pero yo soy mudo, y pelón además, como lo ha menester esta señora doncella, que

me tiene convidado; y voto a... de no irme esta noche
desta casa, si todo el mundo me lo manda. Confíese
vuestra merced mucho de enhoramala de un hombre
de mis prendas, que se contenta de dormir en un pajar; y si lo han por sus capones, péleselos el Turco y
cómanselos ellos, y nunca del cuero les salgan.

BARB. Este más parece rufián que pobre. Talle tiene
de alzarse con toda la casa.

CRIST. No medre yo, si no me contenta el brío.
Entrémonos todos, y demos orden en lo que se ha de
hacer; que el pobre pelará y callará como en misa.

EST. Y aun como en vísperas.

SAC. Puesto me ha miedo el pobre estudiante; yo
apostaré que sabe más latín que yo.

LEONARDA. De ahí le deben de nacer los bríos que
tiene; pero no te pese, amigo, de hacer caridad,
que vale para todas las cosas.

*Éntranse todos, y sale Leoniso, compadre de Pancracio,
y Pancracio.*

COMP. Luego lo ví yo que nos había de faltar la
rueda; no hay cochero que no sea temático; si él
rodeara un poco y salvara aquel barranco, ya estu-
viéramos dos leguas de aquí.

PANC. A mí no se me da nada; que antes gusto
de volverme y pasar esta noche con mi esposa Leonarda, que en la venta; porque la dejé esta tarde casi
para espirar, del sentimiento de mi partida.

COMP. ¡Gran mujer! ¡De buena os ha dado el cielo, señor compadre! Dadle gracias por ello.

PANC. Yo se las doy como puedo, y no como debo;
no hay Lucrecia que se [le] llegue, ni Porcia [9] que se
le iguale: la honestidad y el recogimiento han hecho
en ella su morada.

---

[9] *Lucrecia... Porcia.* Lucrecia, mujer de Colatino, y Porcia casada
con Marco Bruto aparecen ya como parangones de amor y castidad
en los *Triunfos* del Petrarca y luego en infinitos libros escolares.
Lucrecia, en parte por rimar con *necia*, tenía un tufillo burlesco.

COMP. Si la mía no fuera celosa, no tenía yo más que desear. Por esta calle está más cerca mi casa: tomad, compadre, por estas, y estaréis presto en la vuestra; y veámonos mañana, que [no] me faltará coche para la jornada. Adiós.

PANC. Adiós.

Éntranse los dos.

Vuelven a salir el sacristán [y] el barbero, con sus guitarras: Leonarda, Cristina y el estudiante. Sale el sacristán con la sotana alzada y ceñida al cuerpo, danzando al son de su misma guitarra; y, a cada cabriola, vaya diciendo estas palabras:

SAC. ¡Linda noche, lindo rato, linda cena y lindo amor!

CRIST. Señor sacristán Reponce, no es este tiempo de danzar; dése orden en cenar, y en las demás cosas, y quédense las danzas para mejor coyuntura.

SAC. ¡Linda noche, lindo rato, linda cena y lindo amor!

LEONARDA. Déjale, Cristina; que en estremo gusto de ver su agilidad.

Llama Pancracio a la puerta, y dice:

PANC. Gente dormida, ¿no oís? ¡Cómo! ¿Y tan temprano tenéis atrancada la puerta? Los recatos de mi Leonarda deben de andar por aquí.

LEONARDA. ¡Ay, desdichada! A la voz, y a los golpes, mi marido Pancracio es éste; algo le debe de haber sucedido, pues él se vuelve. Señores, a recogerse a la carbonera: digo al desván, donde está el carbón.— Corre, Cristina, y llévalos; que yo entretendré a Pancracio de modo que tengas lugar para todo.

EST. ¡Fea noche, amargo rato, mala cena y peor amor!

OCHO COMEDIAS,

Y

OCHO ENTREMESES,

NUEVOS,

NUNCA REPRESENTADOS,

COMPUESTAS

POR MIGUEL DE CERVANTES SAAVEDRA:

DIRIGIDAS

A DON PEDRO FERNANDEZ DE CASTRO,
Conde de Lemos, de Andrade, y de Villalva, Marquès
de Sarria, Gentil-Hombre de la Camara de su Magestad,
Comendador de la Encomienda de Peña-Fiel, y la Zarza,
de la Orden de Alcantara, Virrey, Governador, y Capitan
.General del Reyno de Napoles, y Presidente
del Supremo Consejo de Italia.

LOS TITULOS DE ESTAS OCHO COMEDIAS,
y sus Entremeses, vàn en la quarta boja.

Año   1615.

CON PRIVILEGIO.

En Madrid, por la Viuda de Alonso Martin.
A costa de Juan de Villarroel, Mercader de Libros. Vendense en su
casa en la Plazuela del Angel.

D 3

Escena de *La cueva de Salamanca*
Grabado de Ramón de Capmany

CRIST. ¡Gentil relente, por cierto! ¡Ea, vengan todos!

PANC. ¿Qué diablos es esto? ¿Cómo no me abrís, lirones?

EST. Es el toque, que yo no quiero correr la suerte destos señores. Escóndanse ellos donde quisieren, y llévenme a mí al pajar, que, si allí me hallan, antes pareceré pobre que adúltero.

CRIST. Caminen, que se hunde la casa a golpes.

SAC. El alma llevo en los dientes.

BARB. Y yo en los carcañares.

Éntranse todos, y asómase Leonarda a la ventana.

LEONARDA. ¿Quién está ahí? ¿Quién llama?

PANC. Tu marido soy, Leonarda mía; ábreme, que ha media hora que estoy rompiendo a golpes estas puertas.

LEONARDA. En la voz, bien me parece a mí que oigo a mi cepo Pancracio; [10] pero la voz de un gallo se parece a la de otro gallo, y no me aseguro.

PANC. ¡Oh recato inaudito de mujer prudente! Que yo soy, vida mía, tu marido Pancracio: ábreme con toda seguridad.

LEONARDA. Venga acá, yo lo veré agora. ¿Qué hice yo cuando él se partió esta tarde?

PANC. Suspiraste, lloraste, y al cabo te desmayaste.

LEONARDA. Verdad; pero, con todo esto, dígame: ¿qué señales tengo yo en uno de mis hombros?

PANC. En el izquierdo tienes un lunar del grandor de medio real, con tres cabellos como tres mil hebras de oro.

LEONARDA. Verdad; pero ¿cómo se llama la doncella de casa?

---

[10] *Mi cepo Pancracio. Herrero* propone "mi seor Pancracio". Enmienda ociosa, pues también Lorenza, la del *Viejo Celoso*, llama a su marido "mi duelo, mi yugo".

PANC. ¡Ea, boba, no seas enfadosa: Cristinica se llama! ¿Qué más quieres?

[LEONARDA.] ¡Cristinica, Cristinica, tu señor es; ábrele, niña!

CRIST. Ya voy, señora; que él sea muy bien venido.—¿Qué es esto, señor de mi alma? ¿Qué acelerada vuelta es ésta?

LEONARDA. ¡Ay, bien mío! Decídnoslo presto, que el temor de algún mal suceso me tiene ya sin pulsos.

PANC. No ha sido otra cosa sino que en un barranco se quebró la rueda del coche, y mi compadre y yo determinamos volvernos, y no pasar la noche en el campo; y mañana buscaremos en qué ir, pues hay tiempo. Pero ¿qué voces hay?

Dentro, y como de muy lejos, diga el estudiante:

EST. ¡Ábranme aquí, señores; que me ahogo!

PANC. ¿Es en casa, o en la calle?

CRIST. Que me maten si no es el pobre estudiante que encerré en el pajar, para que durmiese esta noche.

PANC. ¿Estudiante encerrado en mi casa, y en mi ausencia? ¡Malo! En verdad, señora, que, si no me tuviera asegurado vuestra mucha bondad, que me causara algún recelo este encerramiento. Pero vé, Cristina, y ábrele; que se le debe de haber caído toda la paja acuestas.

CRIST. Ya voy. [*Vase.*]

LEONARDA. Señor, que es un pobre salamanqueso, que pidió que le acogiésemos esta noche, por amor de Dios, aunque fuese en el pajar; y, ya sabes mi condición, que no puedo negar nada de lo que se me pide, y encerrámosle; pero veisle aquí, y mirad cuál sale.

Sale el estudiante y Cristina; él lleno de paja las barbas, cabeza y vestido.

EST. Si yo no tuviera tanto miedo, y fuera menos escrupuloso, yo hubiera escusado el peligro de ahogarme en el pajar, y hubiera cenado mejor, y tenido más blanda y menos peligrosa cama.

PANC. Y ¿quién os había de dar, amigo, mejor cena y mejor cama?

EST. ¿Quién? mi habilidad; sino que el temor de la justicia me tiene atadas las manos.

PANC. ¡Peligrosa habilidad debe de ser la vuestra, pues os teméis de la justicia!

EST. La ciencia que aprendí en la Cueva de Salamanca, de donde yo soy natural, si se dejara usar sin miedo de la Santa Inquisición, yo sé que cenara y recenara a costa de mis herederos; y aun quizá no estoy muy fuera de usalla, siquiera por esta vez, donde la necesidad me fuerza y me disculpa; pero no sé yo si estas señoras serán tan secretas como yo lo he sido.

PANC. No se cure dellas, amigo, sino haga lo que quisiere, que yo les haré que callen; y ya deseo en todo estremo ver alguna destas cosas que dice que se aprenden en la Cueva de Salamanca.

EST. ¿No se contentará vuestra merced con que le saque de aquí dos demonios en figuras humanas, que traigan acuestas una canasta llena de cosas fiambres y comederas?

LEONARDA. ¿Demonios en mi casa y en mi presencia? ¡Jesús! Librada sea yo de lo que librarme no sé.

CRIST. El mismo diablo tiene el estudiante en el cuerpo: ¡plega a Dios que vaya a buen viento esta parva! Temblándome está el corazón en el pecho.

PANC. Ahora bien; si ha de ser sin peligro y sin espantos, yo me holgaré de ver esos señores demonios y a la canasta de las fiambreras; y torno a advertir, que las figuras no sean espantosas.

EST. Digo que saldrán en figura del sacristán de la parroquia, y en la de un barbero su amigo.

CRIST. ¿Mas que lo dice por el sacristán Reponce, y por maese Roque, el barbero de casa? ¡Desdichados dellos, que se han de ver convertidos en diablos!—Y dígame, hermano, ¿y éstos han de ser diablos bautizados?

EST.   ¡Gentil novedad! ¿A dónde diablos hay diablos bautizados, o para qué se han de bautizar los diablos? Aunque podrá ser que éstos lo fuesen, porque no hay regla sin excepción; y apártense, y verán maravillas.

LEONARDA.   ¡Ay, sin ventura! Aquí se descose; aquí salen nuestras maldades a plaza; aquí soy muerta.

CRIST.   ¡Ánimo, señora, que buen corazón quebranta mala ventura!

EST.   Vosotros, mezquinos, que en la carbonera [11]
Hallastes amparo a vuestra desgracia,
Salid, y en los hombros, con priesa y con
[gracia,
Sacad la canasta de la fiambrera;
No me incitéis a que de otra manera
Más dura os conjure. Salid; ¿qué esperáis?
Mirad que si a dicha el salir rehusáis,
Tendrá mal suceso mi nueva quimera.

Hora bien; yo sé cómo me tengo de haber con estos demonicos humanos: quiero entrar allá dentro, y a solas hacer un conjuro tan fuerte, que los haga salir más que de paso; aunque la calidad destos demonios, más está en sabellos aconsejar, que en conjurallos.

Éntrase el estudiante.

PANC.   Yo digo que, si éste sale con lo que ha dicho, que será la cosa más nueva y más rara que se haya visto en el mundo.

LEONARDA.   Sí saldrá, ¿quién lo duda? pues ¿habíanos de engañar?

11 *Vosotros mezquinos.* Versificación y tono remedan el conjuro de Juan de Mena en el *Laberinto,* coplas 247-251.

CRIST. Ruido anda allá dentro; yo apostaré que los saca; pero vee aquí do vuelve con los demonios y el apatusco de la canasta.

[*Salen el estudiante, el sacristán, y el barbero.*]

LEONARDA. ¡Jesús! ¡Qué parecidos son los de la carga al sacristán Reponce y al barbero de la plazuela!

CRIST. Mirá, señora, que donde hay demonios no se ha de decir Jesús.

SAC. Digan lo que quisieren; que nosotros somos como los perros del herrero, [12] que dormimos al son de las martilladas: ninguna cosa nos espanta ni turba.

LEONARDA. Léguense a que yo coma de lo que viene de la canasta, no tomen menos.

EST. Yo haré la salva y comenzaré por el vino. (*Bebe.*) Bueno es: ¿es de Esquivias, señor sacridiablo?

SAC. De Esquivias es, juro a...

EST. Téngase, por vida suya, y no pase adelante. ¡Amiguito soy yo de diablos juradores! Demonico, demonico, aquí no venimos a hacer pecados mortales, sino a pasar una hora de pasatiempo, y cenar, y irnos con Cristo.

CRIST. ¿Y éstos, han de cenar con nosotros?

PANC. Sí, que los diablos no comen.

BARB. Sí comen algunos, pero no todos; y nosotros somos de los que comen.

CRIST. ¡Ay, señores! Quédense acá los pobres diablos, pues han traído la cena; que sería poca cortesía dejarlos ir muertos de hambre, y parecen diablos muy honrados y muy hombres de bien.

LEONARDA. Como no nos espanten, y si mi marido gusta, quédense en buen hora.

PANC. Queden; que quiero ver lo que nunca he visto.

---

[12] *Como los perros del herrero.* "El perro del herrero duerme a las martilladas y despierta a las dentelladas" (*Correas*, p. 109).

BARB. Nuestro Señor pague a vuestras mercedes la buena obra, señores míos.

CRIST. ¡Ay, qué bien criados, qué corteses! Nunca medre yo, si todos los diablos son como éstos, si no han de ser amigos de aquí adelante.

SAC. Oigan, pues, para que se enamoren de veras.

Toca el Sacristán, y canta; y ayúdale el Barbero con el último verso no más.

SAC.	Oigan los que poco saben [13]
	Lo que con mi lengua franca
	Digo del bien que en sí tiene
BARB.	*La Cueva de Salamanca.*
SAC.	Oigan lo que dejó escrito 5
	Della el Bachiller Tudanca
	En el cuero de una yegua
	Que dicen que fué potranca,
	En la parte de la piel
	Que confina con el anca, 10
	Poniendo sobre las nubes
BARB.	*La Cueva de Salamanca.*
SAC.	En ella estudian los ricos
	Y los que no tienen blanca,
	Y sale entera y rolliza 15
	La memoria que está manca.
	Siéntanse los que allí enseñan
	De alquitrán en una banca,
	Porque estas bombas encierra
BARB.	*La Cueva de Salamanca.* 20
SAC.	En ella se hacen discretos
	Los moros de la Palanca;
	Y el estudiante más burdo

13 *Oigan los que poco saben.* Romance aconsonantado, de aire jocoso, pues el romancero nuevo había sustituido la rima consonante por la asonante. Para la historia del proceso cfr. Damien Saunal, "Une conquête définitive du *Romancero nuevo*: le romance assonance", en el n.º 2 de la revista *Ábaco*, 1969, pp. 93-126.

           Ciencias de su pecho arranca.
           A los que estudian en ella,   25
           Ninguna cosa les manca;
           Viva, pues, siglos eternos
BARB.   *La Cueva de Salamanca.*
SAC.   Y nuestro conjurador,
           Si es a dicha de Loranca,   30
           Tenga en ella cien mil vides
           De uva tinta y de uva blanca;
           Y al diablo que le acusare,
           Que le den con una tranca,
           Y para el tal jamás sirva   35
BARB.   *La Cueva de Salamanca.*

CRIST. Basta; ¿que también los diablos son poetas?

BARB. Y aun todos los poetas son diablos.

PANC. Dígame, señor mío, pues los diablos lo saben todo, ¿dónde se inventaron todos estos bailes de las *Zarabandas, Zambapalo,* y *Dello me pesa,* con el famoso del nuevo *Escarramán?*

BARB. ¿Adónde? en el infierno; allí tuvieron su origen y principio.

PANC. Yo así lo creo.

LEONARDA. Pues en verdad, que tengo yo mis puntas y collar escarramanesco; sino que por mi honestidad, y por guardar el decoro a quien soy, no me atrevo a bailarle.

SAC. Con cuatro mudanzas que yo le enseñase a vuestra merced cada día en una semana, saldría única en el baile; que sé que le falta bien poco.

EST. Todo se andará; por agora entrémonos a cenar, que es lo que importa.

PANC. Entremos; que quiero averiguar si los diablos comen o no, con otras cien mil cosas que dellos cuentan; y, por Dios, que no han de salir de mi casa hasta que me dejen enseñado en la ciencia y ciencias que se enseñan en la Cueva de Salamanca.

VIII

EL VIEJO CELOSO

[VIII]

ENTREMÉS DEL
VIEJO CELOSO

Salen Doña Lorenza, y Cristina su criada,
y Ortigosa, su vecina.

LOR. Milagro ha sido éste, señora Ortigosa, el no haber dado la vuelta a la llave mi duelo, mi yugo y mi desesperación; este es el primero día, después que me casé con él, que hablo con persona de fuera de casa; que fuera le vea yo desta vida a él y a quien con él me casó.

ORT. Ande, mi señora doña Lorenza, no se queje tanto; que con una caldera vieja se compra otra nueva.

LOR. Y aun con esos y otros semejantes villancicos o refranes me engañaron a mí; que malditos sean sus dineros, fuera de las cruces; [1] malditas sus joyas, malditas sus galas, y maldito todo cuanto me da y promete. ¿De qué me sirve a mí todo aquesto, si en mitad de la riqueza estoy pobre, y en medio de la abundancia con hambre?

CRIST. En verdad, señora tía, que tienes razón; que más quisiera yo andar con un trapo atrás y otro adelante, y tener un marido mozo, que verme casada y enlodada con ese viejo podrido que tomaste por esposo.

---

[1] *Malditos sean sus dineros fuera de las cruces.* Lorenza recuerda una seguidilla: "Malhaya la torre, / fuera de la cruz, / que me quita la vista / de mi andaluz". Cfr. Rodríguez Marín, "La copla", en *Miscelánea de Andalucía*, Madrid, 1929, p. 226.

LOR. ¿Yo le tomé, sobrina? A la fe, diómele quien pudo; y yo, como muchacha, fuí más presta al obedecer que al contradecir; pero, si yo tuviera tanta experiencia destas cosas, antes me tarazara la lengua con los dientes, que pronunciar aquel sí, que se pronuncia con dos letras y da que llorar dos mil años; pero yo imagino que no fué otra cosa sino que había de ser ésta, y que, las que han de suceder forzosamente, no hay prevención ni diligencia humana que las prevenga.

CRIST. ¡Jesús, y del mal viejo! Toda la noche: "Daca el orinal, toma el orinal; levántate, Cristinica, y caliéntame unos paños, que me muero de la ijada: dame aquellos juncos,[2] que me fatiga la piedra." Con más ungüentos y medicinas en el aposento, que si fuera una botica; y yo, que apenas sé vestirme, tengo de servirle de enfermera. ¡Pux, pux, pux, viejo clueco,[3] tan potroso como celoso, y el más celoso del mundo!

LOR. Dice la verdad mi sobrina.

CRIST. ¡Pluguiera a Dios que nunca yo la dijera en esto!

ORT. Ahora bien, señora doña Lorenza; vuestra merced haga lo que le tengo aconsejado, y verá cómo se halla muy bien con mi consejo. El mozo es como un ginjo verde; quiere bien, sabe callar y agradecer lo que por él se hace; y pues los celos y el recato del viejo no nos dan lugar a demandas ni a respuestas, resolución y buen ánimo: que, por la orden que hemos dado, yo le pondré al galán en su aposento de vuestra merced y le sacaré, si bien tuviese el viejo más ojos que Argos,[4] y viese más que un zahorí, que dicen que vee siete estados debajo de la tierra.

---

[2] *Aquellos juncos.* A. de Laguna, *Pedacio Dioscórides...*, Anvers, 1555, p. 406: "La simiente... provoca la orina... La simiente del junco Ethiópico es provocativa de sueño".

[3] *Viejo clueco.* "Viejo clueco, viejo carroña, viejo potrilla. Son desdeños". (*Correas*, p. 743).

[4] *Más ojos que Argos.* "Argos... persona que está sobre aviso, muy vigilante... Es tomado de la fábula de aquel pastor a quien engañó y cegó Mercurio" (*Autoridades*). Otros ejemplos en Cervantes, cfr. Carlos Fernández Gómez, *Vocabulario de Cervantes*, Madrid, 1962, p. 89.

LOR.   Como soy primeriza, estoy temerosa, y no querría, a trueco del gusto, poner a riesgo la honra.

CRIST.   Eso me parece, señora tía, a lo del cantar de Gómez Arias:

"Señor Gómez Arias, [5]
Doleos de mí;
Soy niña y muchacha,
Nunca en tal me vi."

LOR.   Algún espíritu malo debe de hablar en ti, sobrina, según las cosas que dices.

CRIST.   Yo no sé quién habla; pero yo sé que haría todo aquello que la señora Ortigosa ha dicho, sin faltar punto.

LOR.   ¿Y la honra, sobrina?

CRIST.   ¿Y el holgarnos, tía?

LOR.   ¿Y si se sabe?

CRIST.   ¿Y si no se sabe?

LOR.   Y ¿quién me asegurará a mí que no se sepa?

ORT.   ¿Quién? la buena diligencia, la sagacidad, la industria; y, sobre todo, el buen ánimo y mis trazas.

CRIST.   Mire, señora Ortigosa, tráyanosle galán, limpio, desenvuelto, un poco atrevido, y, sobre todo, mozo.

ORT.   Todas esas partes tiene el que he propuesto, y otras dos más, que es rico y liberal.

LOR.   Que no quiero riquezas, señora Ortigosa; que me sobran las joyas, y me ponen en confusión las diferencias de colores de mis muchos vestidos; hasta eso no tengo que desear, que Dios le dé salud a Cañizares; más vestida me tiene que un palmito, y con más joyas que la vedriera de un platero rico. No me clavara él las ventanas, cerrara las puertas, visitara a todas horas la casa, desterrara della los gatos y los perros, solamente porque tienen nombre de varón; que, a trueco de que no hiciera esto y otras cosas no vistas

5 *Señor Gómez Arias.* Sobre esta popularísima canción cfr. Edward M. Wilson-Jack Sage, *Poesías líricas en las obras dramáticas de Calderón,* Londres, Támesis, 1964, pp. 146-147.

en materia de recato, yo le perdonara sus dádivas y mercedes.

ORT. ¿Que tan celoso es?

LOR. ¡Digo! que le vendían el otro día una tapicería a bonísimo precio, y por ser de figuras no la quiso, y compró otra de verduras, [6] por mayor precio, aunque no era tan buena. Siete puertas hay antes que se llegue a mi aposento, fuera de la puerta de la calle, y todas se cierran con llave; y las llaves no me ha sido posible averiguar dónde las esconde de noche.

CRIS. Tía, la llave de loba creo que se la pone entre las faldas de la camisa.

LOR. No lo creas, sobrina; que yo duermo con él, y jamás le he visto ni sentido que tenga llave alguna.

CRIST. Y más, que toda la noche anda como trasgo [7] por toda la casa; y si acaso dan alguna música en la calle, les tira de pedradas porque se vayan: es un malo, es un brujo, es un viejo, que no tengo más que decir.

LOR. Señora Ortigosa, váyase, no venga el gruñidor y la halle conmigo, que sería echarlo a perder todo; y lo que ha de hacer, hágalo luego; que estoy tan aburrida, que no me falta sino echarme una soga al cuello, por salir de tan mala vida.

ORT. Quizá con esta que ahora se comenzará, se le quitará toda esa mala gana y le vendrá otra más saludable y que más la contente.

CRIST. Así suceda, aunque me costase a mí un dedo de la mano: que quiero mucho a mi señora tía, y me muero de verla tan pensativa y angustiada en poder deste viejo y reviejo, y más que viejo; y no me puedo hartar de decille viejo.

LOR. Pues en verdad que te quiere bien, Cristina.

---

6 *Verduras.* "En las tapicerías el follaje y plantaje que se pinta en ellas" *(Autoridades).*

7 *Anda como trasgo.* De las dos clases de duendes, *duen de casa* y *duen de pozo,* el trasgo pertenece a la primera. Acerca de sus clases véase Rodrigo de Santaella, *Tratado de la inmortalidad del alma,* Sevilla, 1503, cap. 37, "De los duendes".

Grabado del Isopete Historiado, según la edición
zaragozana de 1489

CRIST. ¿Deja por eso de ser viejo? Cuanto más,
que yo he oído decir que siempre los viejos son amigos de niñas.

ORT. Así es la verdad, Cristina, y adiós, que, en
acabando de comer, doy la vuelta. Vuestra merced esté
muy en lo que dejamos concertado, y verá cómo sali-
mos y entramos bien en ello.

CRIST. Señora Ortigosa, hágame merced de traer-
me a mí un frailecico[8] pequeñito, con quien yo me
huelgue.

ORT. Yo se lo traeré a la niña pintado.

CRIST. ¡Que no le quiero pintado, sino vivo, vivo,
chiquito, como unas perlas!

LOR. ¿Y si lo vee tío?

CRIST. Diréle yo que es un duende, y tendrá dél
miedo, y holgaréme yo.

ORT. Digo que yo le trairé, y adiós.

Vase Ortigosa.

CXIST. Mire, tía: si Ortigosa trae al galán y a mi
frailecico, y si señor los viere, no tenemos más que
hacer, sino cogerle entre todos y ahogarle, y echarle
en el pozo o enterrarle en la caballeriza.

LOR. Tal eres tú, que creo lo harías mejor que lo
dices.

CRIST. Pues no sea el viejo celoso, y déjenos vivir
en paz, pues no le hacemos mal alguno, y vivimos como
unas santas.

Éntranse.

Entran Cañizares, viejo, y un compadre suyo.

CAÑ. Señor compadre, señor compadre: el setentón
que se casa con quince, o carece de entendimiento, o

<hr>

[8] *Frailecico.* Frailecico es ambiguamente el niño pequeño a quien
por devoción visten de fraile, y el duende, al cual en Portugal
llamaban *fradinho da mão furada* y en Italia *fraticello.*

tiene gana de visitar el otro mundo lo más presto que le sea posible. Apenas me casé con doña Lorencica, pensando tener en ella compañía y regalo, y persona que se hallase en mi cabecera, y me cerrase los ojos al tiempo de mi muerte, cuando me embistieron una turba multa de trabajos y desasosiegos; tenía casa, y busqué casar; estaba posado, y desposéme.

COMP. Compadre, error fué, pero no muy grande; porque, según el dicho del Apóstol, mejor es casarse que abrasarse.

CAÑ. ¡Que no había que abrasar en mí, señor compadre, que con la menor llamarada quedara hecho ceniza! Compañía quise, compañía busqué, compañía hallé; pero Dios lo remedie, por quien él es.

COMP. ¿Tiene celos, señor compadre?

CAÑ. Del sol que mira a Lorencita, del aire que le toca, de las faldas que la vapulean.

COMP. ¿Dale ocasión?

CAÑ. Ni por pienso, ni tiene por qué, ni cómo, ni cuándo, ni a dónde: las ventanas, amén de estar con llave, las guarnecen rejas y celosías; las puertas, jamás se abren: vecina no atraviesa mis umbrales, ni los atravesará mientras Dios me diere vida. Mirad, compadre: no les vienen los malos aires a las mujeres de ir a los jubileos ni a las procesiones, ni a todos los actos de regocijos públicos; donde ellas se mancan, donde ellas se estropean, y adonde ellas se dañan, es en casa de las vecinas y de las amigas; más maldades encubre una mala amiga, que la capa de la noche; más conciertos se hacen en su casa y más se concluyen, que en una semblea.

COMP. Yo así lo creo; pero, si la señora doña Lorenza no sale de casa, ni nadie entra en la suya, ¿de qué vive descontento mi compadre?

CAÑ. De que no pasará mucho tiempo en que no caya Lorencica en lo que le falta; que será un mal caso, y tan malo, que en sólo pensallo le temo, y de temerle me desespero, y de desesperarme vivo con disgusto.

COMP. Y con razón se puede tener ese temor; porque las mujeres querrían gozar enteros los frutos del matrimonio.

CAÑ. La mía los goza doblados.

COMP. Ahí está el daño, señor compadre.

CAÑ. No, no, ni por pienso; porque es más simple Lorencica que una paloma, y hasta agora no entiende nada desas filaterías; [9] y adiós, señor compadre, que me quiero entrar en casa.

COMP. Yo quiero entrar allá, y ver a mi señora doña Lorenza.

CAÑ. Habéis de saber, compadre, que los antiguos latinos usaban de un refrán, que decía: *Amicus usque ad aras,* que quiere decir: "El amigo hasta el altar"; infiriendo que el amigo ha de hacer por su amigo todo aquello que no fuere contra Dios; y yo digo que mi amigo *usque ad portam,* hasta la puerta; que ninguno ha de pasar mis quicios; y adiós, señor compadre, y perdóneme.

Éntrase Cañizares.

COMP. En mi vida he visto hombre más recatado, ni más celoso, ni más impertinente; pero éste es de aquellos que traen la soga arrastrando, y de los que siempre vienen a morir del mal que temen.

Éntrase el compadre.

Salen doña Lorenza y Cristina.

CRIST. Tía, mucho tarda tío, y más tarda Ortigosa.

LOR. Mas que nunca él acá viniese, ni ella tampoco, porque él me enfada, y ella me tiene confusa.

---

[9] *Filaterías.* Olvidada la primera acepción de "pergamino con versículos de la Biblia", significaba "palabrería" "sutilezas". Cfr. *Corominas.*

CRIST. Todo es probar, señora tía; y, cuando no saliere bien, darle del codo.

LOR. ¡Ay, sobrina! que estas cosas, o yo sé poco, o sé que todo el daño está en probarlas.

CRIST. A fé, señora tía, que tiene poco ánimo, y que, si yo fuera de su edad, que no me espantaran hombres armados.

LOR. Otra vez torno a decir, y diré cien mil veces, que Satanás habla en tu boca: mas ¡ay! ¿cómo se ha entrado señor?

CRIST. Debe de haber abierto con la llave maestra.

LOR. Encomiendo yo al diablo sus maestrías y sus llaves.

Entra Cañizares.

CAÑ. ¿Con quién hablábades, doña Lorenza?

LOR. Con Cristinica hablaba.

CAÑ. Miradlo bien, doña Lorenza.

LOR. Digo que hablaba con Cristinica: ¿con quién había de hablar? ¿Tengo yo, por ventura, con quién?

CAÑ. No querría que tuviésedes algún soliloquio con vos misma, que redundase en mi perjuicio.

LOR. Ni entiendo esos circunloquios que decís, ni aun los quiero entender; y tengamos la fiesta en paz.

CAÑ. Ni aun las vísperas no querría yo tener en guerra con vos; pero ¿quién llama a aquella puerta con tanta priesa? Mira, Cristinica, quién es, y, si es pobre, dale limosna y despídele.

CRIST. ¿Quién está ahí?

ORT. La vecina Ortigosa es, señora Cristina.

CAÑ. ¿Ortigosa y vecina?—Dios sea conmigo. Pregúntale, Cristina, lo que quiere, y dáselo, con condición que no atraviese esos umbrales.

CRIST. ¿Y qué quiere, señora vecina?

CAÑ. El nombre de vecina me turba y sobresalta: llámala por su propio nombre, Cristina.

CRIST. Responda: ¿y qué quiere, señora Ortigosa?

ORT. Al señor Cañizares quiero suplicar un poco, en que me va la honra, la vida y el alma.

CAÑ. Decidle, sobrina, a esa señora, que a mí me va todo eso y más en que no entre acá dentro.

LOR. ¡Jesús, y qué condición tan extravagante! ¿Aquí no estoy delante de vos? ¿Hanme de comer de ojo? ¿Hanme de llevar por los aires?

CAÑ. Entre con cien mil Bercebuyes, pues vos lo queréis.

CRIST. Entre, señora vecina.

CAÑ. ¡Nombre fatal para mí es el de vecina!

Entra Ortigosa, y tray un guadamecí, y en las pieles de las cuatro esquinas han de venir pintados Roda- monte, Mandricardo, Rugero y Gradaso: y Rodamonte venga pintado como arrebozado.

ORT. Señor mío de mi alma, movida y incitada de la buena fama de vuestra merced, de su gran caridad y de sus muchas limosnas, me he atrevido de venir a suplicar a vuestra merced me haga tanta merced, cari- dad y limosna y buena obra de comprarme este gua- damecí, porque tengo un hijo preso por unas heridas que dió a un tundidor, y ha mandado la Justicia que declare el cirujano, y no tengo con qué pagalle, y corre peligro no le echen otros embargos, que podrían ser muchos, a causa que es muy travieso mi hijo; y que- rría echarle hoy o mañana, si fuese posible, de la cárcel. La obra es buena, el guadamecí nuevo, y con todo eso, le daré por lo que vuestra merced quisiere darme por él, que en más está la monta, y como esas cosas he perdido yo en esta vida. Tenga vuestra mer- ced desa punta, señora mía, y descojámosle, porque no vea el señor Cañizares que hay engaño en mis pa- labras; alce más, señora mía, y mire cómo es bueno de caída, y las pinturas de los cuadros parece que es- tán vivas.

*Al alzar y mostrar el guadamecí, entra por detrás dél
un galán; y, como Cañizares vee los retratos, dice:*

CAÑ.   ¡Oh qué lindo Rodamonte! [10] ¿Y qué quiere
el señor rebozadito en mi casa? Aun si supiese que
tan amigo soy yo destas cosas y destos rebocitos, es-
pantarse ía.

CRIST.   Señor tío, yo no sé nada de rebozados; y
si él ha entrado en casa, la señora Ortigosa tiene la
culpa; que a mí el diablo me lleve si dije ni hice nada
para que él entrase; no, en mi conciencia, aun el diablo sería si mi señor tío me echase a mí la culpa de
su entrada.

CAÑ.   Ya yo lo veo, sobrina, que la señora Ortigosa
tiene la culpa; pero no hay de qué maravillarme, porque ella no sabe mi condición, ni cuán enemigo soy
de aquestas pinturas.

LOR.   Por las pinturas lo dice, Cristinica, y no por
otra cosa.

CRIST.   Pues por esas digo yo. ¡Ay, Dios sea conmigo! Vuelto se me ha el ánima al cuerpo, que ya andaba por los aires.

LOR.   Quemado vea yo ese pico de once varas: en
fin, quien con muchachos se acuesta, etc.

CRIST.   ¡Ay, desgraciada, y en qué peligro pudiera
haber puesto toda esta baraja!

CAÑ.   Señora Ortigosa, yo no soy amigo de figuras
rebozadas ni por rebozar; tome este doblón, con el
cual podrá remediar su necesidad, y váyase de mi casa
lo más presto que pudiere, y ha de ser luego, y llévese
su guadamecí.

ORT.   Viva vuestra merced más años que Matute
el de Jerusalen, [11] en vida de mi señora doña... no sé

10 *Qué lindo Rodamonte.* Rodamonte y las demás figuras son
personajes del *Orlando Furioso.* Sobre Cervantes y Ariosto cfr.
Maxime Chevalier, *L'Arioste en Espagne. 1530-1650,* Bordeaux, 1966,
pp. 438-491.
11 *Matute el de Jerusalén.* Matusalén. La deformación en boca de
rústico y plebe de los nombres sagrados es un elemento cómico

cómo se llama, a quien suplico me mande, que la serviré de noche y de día, con la vida y con el alma, que la debe de tener ella como la de una tortolica simple.

CAÑ. Señora Ortigosa, abrevie y váyase, y no se esté agora juzgando almas ajenas.

ORT. Si vuestra merced hubiere menester algún pegadillo para la madre, téngolos milagrosos, y si para mal de muelas, sé unas palabras que quitan el dolor como con la mano.

CAÑ. Abrevie, señora Ortigosa; que doña Lorenza, ni tiene madre, ni dolor de muelas; que todas las tiene sanas y enteras, que en su vida se ha sacado muela alguna.

ORT. Ella se las sacará, placiendo al cielo, porque le dará muchos años de vida; y la vejez es la total destruición de la dentadura.

CAÑ. ¡Aquí de Dios! ¿Que no será posible que me deje esta vecina? ¡Ortigosa, o diablo, o vecina, o lo que eres, vete con Dios y déjame en mi casa!

ORT. Justa es la demanda, y vuestra merced no se enoje, que ya me voy.

Vase Ortigosa.

CAÑ. ¡Oh vecinas, vecinas! Escaldado quedo aun de las buenas palabras desta vecina, por haber salido por boca de vecina.

LOR. Digo que tenéis condición de bárbaro y de salvaje; y ¿qué ha dicho esta vecina para que quedéis con la ojeriza contra ella? Todas vuestras buenas obras las hacéis en pecado mortal: dístesle dos docenas de reales, acompañados con otras dos docenas de injurias, boca de lobo, lengua de escorpión y silo de malicias.

CAÑ. No, no, a mal viento va esta parva; no me parece bien que volváis tanto por vuestra vecina.

---

desde Encina, Gil Vicente y Torres Naharro. Sobre Adán y Eva cfr. *Gillet, III*, pp. 733-737.

CRIST. Señora tía, éntrese allá dentro y desenójese, y deje a tío, que parece que está enojado.

LOR. Así lo haré, sobrina; y aun quizá no me verá la cara en estas dos horas; y a fe que yo se la dé a beber, [12] por más que la rehuse.

Éntrase doña Lorenza.

CRIST. Tío, ¿no ve cómo ha cerrado de golpe? Y creo que va a buscar una tranca para asegurar la puerta.

Doña Lorenza por dentro.

LOR. ¿Cristinica? ¿Cristinica?

CRIST. ¿Qué quiere, tía?

LOR. ¡Si supieses qué galán me ha deparado la suerte! Mozo, bien dispuesto, pelinegro, y que le huele la boca a mil azahares.

CRIST. ¡Jesús, y qué locuras y qué niñerías! ¿Está tía?

LOR. No estoy sino en todo mi juicio; y en verdad que si le vieses, que se te alegrase el alma.

CRIST. ¡Jesús y qué locuras, y qué niñerías! Ríñala, tío, porque no se atreva, ni aun burlando, a decir deshonestidades.

CAÑ. ¿Bobeas, Lorenza? Pues a fe que no estoy yo de gracia para sufrir esas burlas.

LOR. Que no son sino veras, [13] y tan veras, que en este género no pueden ser mayores.

CRIST. ¡Jesús, y qué locuras y qué niñerías! Y dígame, tía, ¿está ahí también mi frailecito?

LOR. No, sobrina; pero otra vez vendrá, si quiere Ortigosa la vecina.

---

12 *Yo se la dé a beber.* "Dársela a beber... Es: dar a sentir a otro alguna pesadumbre en venganza del disgusto que dio". (*Correas*, p. 678).

13 *Que no son sino veras.* Lorenza engaña con la verdad. Sobre este artificio, loado por Lope de Vega, cfr. *Rico, Guzmán de Alfarache*, pp. 132-133.

CAÑ. Lorenza, di lo que quisieres, pero no tomes en tu boca el nombre de vecina, que me tiemblan las carnes en oirle.

LOR. También me tiemblan a mí por amor de la vecina.

CRIST. ¡Jesús, y qué locuras y qué niñerías!

LOR. Ahora echo de ver quién eres, viejo maldito, que hasta aquí he vivido engañada contigo.

CRIST. Ríñala, tío, ríñala, tío; que se desvergüenza mucho.

LOR. Lavar quiero a un galán las pocas barbas que tiene con una bacía llena de agua de ángeles, porque su cara es como la de un ángel pintado.

CRIST. ¡Jesús, y qué locuras y qué niñerías! Despedácela, tío.

CAÑ. No la despedazaré yo a ella, sino a la p[uerta] que la encubre.

LOR. No hay para qué, vela aquí abierta; en[tre y] verá como es verdad cuanto le he dicho.

CAÑ. Aunque sé que te burlas, sí entraré para[enojarte.

Al entrar Cañizares, dánle con una bacía de agua [en] los ojos: él vase a limpiar: acuden sobre él Cristina [y] Doña Lorenza, y en este ínterim sale el galán y vase[.

CAÑ. ¡Por Dios, que por poco me cegaras, Lorenza! Al diablo se dan las burlas que se arremeten a los ojos.

LOR. ¡Mirad con quién me casó mi suerte, sino con el hombre más malicioso del mundo! ¡Mirad cómo dió crédito a mis mentiras, por su..., [14] fundadas en

---

[14] *Por su...* Los editores, notando la falta de alguna palabra, suelen poner puntos suspensivos. Propongo *por su menoscabo*, basándome en formas paralelas: "Y tú no sabes, Pasillas, que pasado te vea yo con una lanza" *(La guarda)*; "Con persona de fuera de casa, que fuera le vea yo desta vida" *(El viejo)*; "Ora aquella ligadura, que ligado le vea yo a un palo por justicia" *(El juez).* La identidad de la segunda parte invita a esta conjetura.

materia de celos, que menoscabada y asendereada sea
mi ventura! Pagad vosotros, cabellos, las deudas deste
viejo; llorad vosotros, ojos, las culpas deste maldito:
mirad en lo que tiene mi honra y mi crédito, pues de
las sospechas hace certezas, de las mentiras verdades,
de las burlas veras, y de los entretenimientos maldiciones. ¡Ay, que se me arranca el alma!

CRIST. Tía, no dé tantas voces, que se juntará la
vecindad.

ALG. *De dentro.* ¡Abran esas puertas! Abran luego; si no, echarélas en el suelo.

LOR. Abre, Cristinica, y sepa todo el mundo mi
~~~encia, y la maldad deste viejo.

~~~. ¡Vive Dios, que creí que te burlabas, Lo-
~~~Calla.

~~~ran el alguacil y los músicos, y el bailarín
y Ortigosa.

~~~. ¿Qué es esto? ¿Qué pendencia es ésta? ¿Quién
~~~aquí voces?

~~~AÑ. Señor, no es nada; pendencias son entre ma-
~~~ y mujer, que luego se pasan.

~~~MÚS. ¡Por Dios, que estábamos mis compañeros
~~~ yo, que somos músicos, aquí pared y medio, en un
~~~esposorio, y a las voces hemos acudido, con no pe-
~~~ueño sobresalto, pensando que era otra cosa!

ORT. Y yo también, en mi ánima pecadora.

CAÑ. Pues en verdad, señora Ortigosa, que si no
fuera por ella, que no hubiera sucedido nada de lo sucedido.

ORT. Mis pecados lo habrán hecho; que soy tan
desdichada, que, sin saber por dónde ni por dónde no,
se me echan a mí las culpas que otros cometen.

CAÑ. Señores, vuestras mercedes todos se vuelvan
norabuena, que yo les agradezco su buen deseo; que
ya yo y mi esposa quedamos en paz.

LOR. Si quedaré, como le pida primero perdón a la vecina, si alguna cosa mala pensó contra ella.

CAÑ. Si a todas las vecinas de quien yo pienso mal hubiese de pedir perdón, sería nunca acabar; pero, con todo eso, yo se le pido a la señora Ortigosa.

ORT. Y yo le otorgo para aquí y para delante de Pero García. [15]

MÚS. Pues en verdad, que no habemos de haber venido en balde: toquen mis compañeros, y baile el bailarín, y regocíjense las paces con esta canción.

CAÑ. Señores, no quiero música: yo la doy por recebida.

MÚS. Pues aunque no la quiera.

[Cantan.]

El agua de por San Juan
Quita vino y no da pan.
Las riñas de por San Juan,
Todo el año paz nos dan.

Llover el trigo en las eras,
Las viñas estando en cierne,
No hay labrador que gobierne
Bien sus cubas y paneras;
Mas las riñas más de veras,
Si suceden por San Juan,
Todo el año paz nos dan.

Baila.

Por la canícula ardiente
Está la cólera a punto;
Pero, pasando aquel punto,
Menos activa se siente.   15

---

[15] *Para delante de Pero García.* Personaje folklórico que al parecer soltaba verdades de a puño. Cfr. *Rico, Guzmán de Alfarache,* p. 609; *Correas,* pp. 30 y 464; Luis Montoto, *Personajes, personas y personillas,* t. II, p. 294.

Y así el que dice, no miente,
Que las riñas por San Juan,
Todo el año paz nos dan.

Baila.

Las riñas de los casados
Como aquesta siempre sean,   20
Para que después se vean,
Sin pensar regocijados.
   Sol que sale tras nublados,
Es contento tras afán:
Las riñas de por San Juan,   25
Todo el año paz nos dan.

Porque vean vuesas mercedes las revueltas y
 que me ha puesto una vecina, y si tengo
  estar mal con las vecinas.

  Aunque mi esposo está mal con las vecinas,
 o a vuesas mercedes las manos, señoras vecinas.

ST. Y yo también; mas si mi vecina me hubiera
 o mi frailecico, yo la tuviera por mejor vecina;
diós, señoras vecinas.

ÍNDICE DE LÁMINAS

ESTE LIBRO
SE TERMINÓ DE IMPRIMIR
EL DÍA 6 DE SEPTIEMBRE DE 1993